GW01368282

Le gué du tigre

Philippe Dessertine

Le gué du tigre

© Éditions Anne Carrière, 2012

*À ma femme,
à mes filles.*

Connais ton ennemi et connais-toi toi-même ; eussiez-vous cent guerres à soutenir, cent fois vous serez victorieux.

Si tu ignores ton ennemi et que tu te connais toi-même, tes chances de perdre et de gagner seront égales.

Si tu ignores à la fois ton ennemi et toi-même, tu ne compteras tes combats que par tes défaites.

Sun Tzu, *L'Art de la guerre*

Avertissement

Le 6 février 2012, « l'incident de Wang Lijun », comme allaient l'appeler les médias du monde entier, défrayait la chronique.

L'un des policiers les plus célèbres de Chine, Wang Lijun, demandait l'asile politique aux États-Unis ; Washington le lui accorda, puis le lui refusa trente heures plus tard. Pendant ces trente heures inouïes, Wang Lijun allait modifier le cours de la vie politique internationale par les informations et les documents qu'il transmettait aux services secrets américains.

Les conséquences de cet épisode ont été immenses. L'homme politique chinois appelé aux plus hautes destinées, Bo Xilai, a vu sa carrière brisée dès le printemps 2012. Sa femme, Gu Kailai, a été accusée de l'assassinat d'un ressortissant britannique et condamnée à mort au mois d'août 2012. Des hommes d'affaires parmi les plus puissants du monde ont été arrêtés ; des hauts dirigeants chinois ont vu leurs pouvoirs réduits du jour au lendemain.

Le 6 février 2012 s'inscrit comme l'un des événements majeurs de l'histoire contemporaine ; et pourtant les zones d'ombre, les non-dits, les communiqués officiels incomplets, les rumeurs diverses empêchent d'en saisir la portée complète.

Pour mieux approcher de la vérité, il était tentant d'utiliser la fiction ; l'imagination permet de remplacer les pièces manquantes du puzzle. L'artifice est forcément déformant, mais il permet parfois de saisir la complexité du réel.

Telle est l'ambition de ce *Gué du tigre* : mieux comprendre la férocité des luttes au sommet de l'autre superpuissance de la planète ; relier les événements politiques aux soubresauts agitant l'économie et la finance mondiale ; et surtout rompre avec la myopie de l'Occident obnubilé par son propre nombril et ses stratégies de court terme.

Dans ce livre, tout est faux et pourtant tout est vrai. Un glossaire en fin d'ouvrage permettra cependant de démêler personnages et organisations réels de ce qui relève de la pure invention de l'auteur.

6 février 2012, 18 heures, province du Sichuan, consulat des États-Unis d'Amérique en République populaire de Chine dans la ville de Chengdu

J'éprouve une sorte de vertige, une sensation étrange. Je dois reprendre mes esprits, je dois consigner tous les détails de manière précise, relater toutes les informations avec froideur et sans a priori.

Il ne fait aucun doute que les événements dont je suis le témoin sont d'une importance considérable. Ils pourraient avoir, je le pressens dès aujourd'hui, une influence déterminante sur le cours de l'Histoire, de l'Histoire du monde.

Je dois retrouver la raison, la lucidité indispensables. Il le faut.

Donc, ce 6 février, le temps est froid. À l'heure où le jour décline, la température fraîchit encore, aux alentours de 4 degrés, le ciel a été bas toute la journée. Quelques gouttes se sont écrasées sur les vitres, poussées par un vent glacé.

Depuis le début de l'après-midi, je prépare ma conclusion sur le rapport trimestriel d'activité industrielle de la région Sud-Ouest. Le document doit partir au Département d'État au plus tard demain avant midi. Mon assistante vient de poser un gobelet de café fumant sur le coin du bureau, sans sucre et plein à ras bord.

Je repousse les papiers qui m'ont été faxés ce matin. Mon cœur se serre, les larmes me montent aux yeux. J'avale à grand-peine. Je risque de perdre la garde de ma fille. L'*attorney* m'explique en long et en large que j'aurais dû planifier davantage ma relocalisation internationale. Ma mère ne parvient pas à dominer sa tristesse, elle a raccroché brutalement tout à l'heure.

Mes pensées s'échappent là-bas, chez elle, à Montauk, près de l'océan, où ma petite Zelda dort dans mon lit d'enfant. Je dois tenter de constituer un dossier dans les vingt-quatre heures.

M'accordant une pause, je m'étire, me lève, m'approche de la fenêtre, les mains autour du gobelet de carton brûlant. J'avale à petites gorgées, cherchant à chasser les idées noires.

Un gros 4 × 4 aux vitres teintées s'arrête le long du trottoir, en face. Presque malgré moi, je le remarque et je pense : « Tiens, une voiture officielle. »

Le chauffeur fait le tour du véhicule, inspecte les deux côtés de la route avant d'ouvrir la portière arrière droite. Un officier haut gradé en sort – un vice-colonel ou un colonel. Il est suivi d'un homme de corpulence moyenne, un Chinois également. Sa silhouette, je m'en souviens, me paraît familière, sans que j'y prête plus d'attention. Je n'ai alors aucune raison de m'intéresser à ce fait minuscule.

Le colonel remonte dans la voiture, qui demeure garée. L'homme traverse la rue ; il tient une sacoche de cuir, porte un costume occidental, un pardessus bien coupé, ses yeux sont cerclés de lunettes d'écaille. Il entre chez nous.

Je retourne à mon bureau.

Une dizaine de minutes environ s'écoulent. On frappe et, sans attendre ma réponse, la porte s'ouvre. Wei Xu[1] se précipite. Ses pommettes écarlates trahissent son excitation.

Xu est ma plus proche collaboratrice. Originaire de Mongolie-Intérieure, elle a fait ses études d'histoire politique à Georgetown et constitue, à l'occasion, une remarquable interprète. C'est une grande fille de trente-deux ans, célibataire, vraiment très belle et bien faite.

« Que se passe-t-il ?
— Je crois qu'il faut que vous descendiez. Il arrive quelque chose d'extraordinaire.
— Je termine mon rapport et je vous rejoins.
— Non, Ann. Vous devez venir tout de suite. »

Cette exaltation mélangée d'une sourde gravité n'est pas dans ses habitudes. Elle m'attend sur le pas de la porte, la main sur la poignée. J'attrape mon téléphone portable et la rejoins devant l'ascenseur qu'elle a déjà appelé.

« Vous m'expliquez, Xu, s'il vous plaît ?
— Quelqu'un d'incroyable vous attend en bas. »

---

1. En chinois, le nom de famille précède le prénom.

« Quelqu'un m'attend, moi ?

— Enfin non, pas vous. Il a demandé Peter, j'ai préféré ne pas l'informer que Peter était à Washington. »

Peter Haymond est le consul de Chengdu. Mon patron direct. Il a cinquante-cinq ans, il n'est pas en exil ici pour la même raison que moi. Lui est désormais en poste au fin fond de cette ville sans charme à la demande expresse des autorités chinoises qui ont exigé son départ de Pékin. Pour beaucoup, il était appelé à devenir le prochain ambassadeur, jusqu'à l'affaire de Séoul.

« Mais bon sang, Xu, qui a demandé Peter ?

— M. Wang. M. Wang Lijun.

— Wang Lijun, le policier ? L'Eliot Ness chinois ? » Abasourdie, j'appuie sur le bouton d'arrêt de l'ascenseur. « Stop. Répétez, s'il vous plaît : Wang Lijun vient de débarquer chez nous sans être annoncé ? C'est ce que vous me dites ?

— Oui, Ann. L'accueil m'a appelée. Je l'ai fait installer dans le salon officiel, je suis descendue tout de suite l'accueillir. J'ai bien fait, non ?

— Très bien, en effet. Et ensuite ?

— Il m'a dit vouloir rencontrer Peter au plus vite. Il voulait lui parler d'une affaire de la plus haute importance, qu'il n'était pas possible d'aborder par téléphone, et il m'a assurée qu'il l'attendrait aussi longtemps que nécessaire.

— Il était comment ? Il avait quelle expression ?

— Très tendu. J'ai eu presque peur. C'est pourquoi je me suis précipitée chez vous.

— Vous avez bien fait, vraiment bien fait. »

Je débloque l'ascenseur.

Pour être honnête, je suis stupéfaite. Wang Lijun est sans doute le policier le plus célèbre de Chine. En 2009, il a mené une guerre impitoyable aux mafias de Chongqing. On les appelle les fameuses *triades*. Elles gèrent le crime organisé en Asie et au-delà. Chongqing est situé à 320 kilomètres de Chengdu. Cette ville, qui compte aujourd'hui près de trente millions d'habitants, est depuis les années 1930 une sorte de petit Chicago, où prospère l'une des pègres les plus violentes du pays. Il a fallu la volonté du secrétaire général du Parti communiste local, le non moins célèbre Bo Xilai, et le courage de son bras armé, son chef de la sécurité Wang Lijun, pour procéder au péril de leurs vies à plus de 1 500 arrestations. La légende de ce nettoyage a fait le tour de monde, elle a même été adaptée à la télévision. Bo Xilai sera à coup sûr l'un des dirigeants les plus importants des prochaines années ; il n'est pas exclu qu'il devienne un jour président.

« Monsieur Wang, je suis ravie de vous rencontrer. »

C'est bien lui, avec ses lunettes, ses cheveux bien peignés, ce regard de tigre, ainsi que l'avait qualifié un commentateur en mal de formule. Il se lève en me voyant entrer. Son manteau est plié avec soin sur la chaise près de lui.

« Je m'appelle Ann Robertson, je suis vice-consul des États-Unis d'Amérique à Chengdu. »

Il me serre la main.

« Bonsoir, madame, je vous connais, je sais très bien qui vous êtes. Je suis venu chez vous afin de rencontrer M. Haymond pour une affaire d'une importance capitale, et d'une urgence absolue.

— Je suis désolée, vraiment. Peter est aux États-Unis pendant trois jours. Son déplacement n'était pas prévu ; il a dû partir en urgence en raison de la visite officielle de votre vice-président à Washington. À l'heure qu'il est, il se trouve au Département d'État. Il revient après-demain. Si vous le désirez, je bloque son début de matinée mercredi prochain pour vous. »

Wang Lijun fronce les sourcils, ôte ses lunettes, prend un fin mouchoir blanc dans sa poche intérieure et les essuie avec soin. Ses maxillaires sont serrés.

« M. Haymond est absent ? Voilà qui est fâcheux, vraiment très fâcheux... Madame Robertson, dans deux jours, il sera trop tard, beaucoup trop tard. Il est probable que, dès ce soir, je serai mort. »

Il a prononcé ces mots sans émotion particulière. Puis il croise ses mains dans le dos. Il m'observe en silence, attend. Je l'avoue, je suis décontenancée.

« Peut-être pourriez-vous m'expliquer un peu mieux ? Je vous prie. » J'approche un fauteuil du sien et l'invite à s'asseoir de nouveau. Il ne bouge pas.

« Madame Robertson, si nous devons parler, je vous suggère de nous rendre dans un endroit davantage... protégé. »

Je ne suis pas sûre de comprendre. Il esquisse un demi-sourire.

« Nous pouvons aller dans une de nos chambres hermétiques. Vous pensez que ce serait préférable ?

— Je le crois. Prévoyez un dispositif complet de lecture numérique. Dans cette serviette – il désigne sa mallette de cuir noir posée près de lui –, j'ai de nombreux documents sous différentes formes. Il serait également important que vous établissiez une liaison sécurisée avec vos autorités aux États-Unis, ainsi que des moyens d'enregistrement de toutes nos conversations. Je vous précise d'ores et déjà qu'elles pourraient être très longues, de plusieurs heures au moins.

— Monsieur Wang, puis-je vous poser une question directe ?

— Je vous en prie.

— Que cherchez-vous en venant ici ?

— Je vous l'ai dit, madame : m'acheter un peu de vie. Une assurance, si vous préférez, même si, vous le savez comme moi, la fiabilité des assurances est toujours décevante quand on doit les utiliser.

— Votre récente mutation devait donc bien être interprétée comme une sanction ?

— Pire, madame. Comme le début de l'hallali. Mais je préfère ne poursuivre qu'en environnement sécurisé. »

Par la ligne interne, je donne les instructions afin que la salle soit préparée. J'annule tous mes rendez-vous. Un instant, je pense au dossier pour la garde de ma fille qu'il me faudrait monter et envoyer dans moins de deux jours. Tant pis, je plonge, je m'y mettrai demain matin.

Wang Lijun reste debout, hiératique, sans manifester la moindre impatience. Le personnage est hors norme, encore plus impressionnant en chair et en os que dans les récents reportages diffusés lors de son passage devant la justice.

Le 2 février, quatre jours plus tôt, une dépêche d'apparence anodine a eu un écho retentissant dans les instances diplomatiques : au milieu de dizaines d'autres modifications organisationnelles, l'agence Chine Nouvelle y annonçait que Wang Lijun avait quitté son poste de directeur de la sécurité de la ville de Chongqing pour prendre celui de contrôleur municipal de l'éducation des sciences et des questions environnementales.

L'impact a été immédiat, la stupeur générale, y compris chez nombre de nos contacts chinois. Ce changement ressemblait à une mise à l'écart. Notre ambassade à Pékin nous a demandé une note que Xu, mon assistante, a rédigée sous mon contrôle. Elle concluait qu'il était encore difficile de décrypter les prolongements exacts d'une telle décision, qui revêtait à l'évidence un caractère disciplinaire. Nous avons insisté sur ses conséquences possibles pour Bo Xilai, en particulier concernant son destin national au sein du Comité central du Parti, qu'il espérait intégrer à l'automne, lors du XVIIIe Congrès. Le décodage était compliqué, disions-nous, il faudrait attendre d'autres événements pour appréhender quel processus était ainsi mis en branle et quelle serait son ampleur.

« Monsieur Wang, acceptez-vous que ma collaboratrice, Wei Xu, m'assiste au cours de notre entretien ? Elle m'aidera quand ma connaissance du chinois ne me permettra pas de saisir toutes les subtilités de votre langue. Elle est officier dans nos services et d'une fiabilité totale.

— Je vous ai précisé que je souhaitais être enregistré. Par conséquent, je ne vois aucun inconvénient à ce que vous vous adjoigniez les personnes que vous jugerez utiles. Je vais être très clair : je n'ai pas d'autre choix que de vous faire une confiance absolue, comparable à celle que j'éprouve vis-à-vis de monsieur le consul Haymond. Depuis plusieurs années, je crois pouvoir me prévaloir de son amitié.

— On me prévient que les dispositions ont été prises. Si vous voulez bien me suivre... »

Avec une componction étudiée et sans le déplier, il place son pardessus sur son avant-bras, saisit sa sacoche.

« Je crois que vous devriez envisager assez vite de mettre votre personnel de sécurité en alerte maximale, dit-il.

— Pour quelle raison ?

— Je ne doute pas que mon chauffeur, selon toute vraisemblance, ne soit plongé dans une angoisse profonde. À l'heure qu'il est, les autorités sont prévenues de ma présence ici. J'ai appuyé sur le bouton rouge ; la fission nucléaire a débuté, et je vous garantis que l'onde de choc sera gigantesque. »

Je ne comprends pas. Pas encore. Le plus impressionnant est le ton calme et mesuré qu'il conserve en prononçant ces paroles.

Je me contente d'opiner, sans prendre de dispositions particulières. Par principe. Je suis la représentante du gouvernement américain, la première puissance au monde, et personne ne nous impose notre conduite. Si nos *boys* doivent être mis en alerte, c'est que nous l'aurons décidé, de notre propre initiative et sans l'avis de quiconque.

La pièce aménagée est une salle d'interrogatoire classique, que nous utilisons surtout pour les communications hypersensibles avec l'ambassade ou les États-Unis. Insonorisée, entourée d'une structure spéciale arrêtant toutes les ondes, elle peut être verrouillée de l'intérieur ou de l'extérieur. Un générateur spécifique, autonome et blindé, en assure l'approvisionnement en énergie. Des toilettes spéciales sont accessibles dans le périmètre protégé. Elles ne sont pas reliées au tout-à-l'égout, leur utilisation entraîne un traitement chimique par déshydratation. Trois des murs sont constitués de miroirs sans tain. Des systèmes occultant sont possibles.

Deux fauteuils ont été installés au centre, ainsi qu'une chaise pour d'éventuels assistants, et une tablette. Un bureau a été placé en face, sur lequel sont posés quatre ordinateurs, un vidéoprojecteur, un écran plat de télévision, deux téléphones aux lignes sécurisées. Une grande console, au fond, est partagée en deux ; une moitié est dévolue à la nourriture chinoise, l'autre américaine. Entre les deux, des bouteilles d'eau, de soda, du thé, du café, des fruits. L'éclairage est modulable. Trois lampes sur pied ont été placées de chaque côté des fauteuils et près de bureau. Six caméras et autant de micros peuvent être gérés par une télécommande et un boîtier sur le bureau. Dans un coin, les drapeaux américain et chinois constituent l'unique touche de couleur d'un décor aux tons neutres.

« Monsieur Wang, dites-moi si le dispositif que nous venons de mettre en place vous convient. »

Je lui en explique les caractéristiques techniques. Il place son manteau sur le dossier de la chaise et sa précieuse sacoche sur la tablette. Il fait le tour de la pièce à grands pas, observe les détails. De nouveau, il enlève ses lunettes et les essuie.

« C'est parfait. Je vous suggère de commencer au plus vite. Je présume qu'il est nécessaire auparavant que vous contactiez vos autorités afin de les tenir informées.

— J'allais en solliciter votre permission. Installez-vous, servez-vous en boisson et en nourriture. J'espère ne pas être trop longue. Si vous avez le moindre besoin, appelez le personnel à votre disposition par ce bouton. »

À peine sortie, je réclame la surveillance de notre invité exceptionnel. Une équipe médicale en particulier doit se tenir prête, placée derrière l'un des miroirs sans tain. Il ne s'agirait pas qu'il nous fasse le moindre malaise.

Dans une salle voisine, une cellule de crise se met en place à la hâte. Pour être honnête, à ce moment, je ne mesure toujours pas les répercussions de ce qui vient de s'enclencher. Je demande à être mise en contact de toute urgence avec l'ambassade à

Pékin, le Département d'État à Washington et, surtout, avec Peter Haymond.

Pékin répond en premier. L'ambassadeur Gary Locke, Haymond et la plupart des officiels sont injoignables ; ils sont mobilisés autour de la visite du numéro deux chinois aux États-Unis. Un numéro deux en passe de devenir le numéro un, si le XVIIIe Congrès donne les résultats attendus. Autant dire une visite de la plus haute importance, sous la pression absolue de l'équipe du président. La Maison Blanche est elle aussi entrée en précampagne, et les élections de novembre devront intégrer la nouvelle donne à la tête de l'État chinois.

Tant bien que mal, je parviens à entrer en contact avec mon équivalent à Pékin, en charge des affaires courantes, pendant que les gros bonnets sont occupés aux questions stratégiques.

« Salut, Tim, c'est Ann. Il m'arrive un truc très inattendu. J'ai à côté Wang Lijun, qui a débarqué tout à l'heure pour nous faire de manière non officielle un certain nombre de révélations.

— Tu peux répéter ? »

Tim Gordon, cinquante-six ans, originaire de Caroline-du-Sud, quatre-vingt-quinze kilos d'expérience dans tout l'Extrême-Orient. Comme beaucoup d'autres, il ne m'aime guère et n'a pas apprécié, à l'époque, mon arrivée ici.

« Oui, Wang Lijun, de Chongqing. Il faudrait prévenir au plus vite le consul Haymond, qui le connaîtrait bien, l'ambassadeur, voire la secrétaire d'État. Je crois qu'il se passe des choses pas claires dans leur lutte contre le crime organisé.

— Ok. Je vais voir comment nous allons procéder. Je te rappelle pour te donner les instructions.

— Très bien. Sauf que je dois commencer l'entretien avec Wang. Il me l'a demandé, et le temps presse.

— Non, attends les instructions.

— Désolée, je ne peux pas. En revanche, je suis joignable à tout moment. Salut, Tim.

— Comme tu voudras. Je t'aurai prévenue. À tout à l'heure. »

En raccrochant, je me laisse un court instant de réflexion. La menace n'était pas voilée, je pressens que je joue gros à titre personnel, surtout si, à Washington, l'affaire remonte à des niveaux élevés. Je repense à Wang Lijun, à son attitude, à ses paroles, et je balaie les derniers doutes possibles. Cet homme-là n'agit pas à la légère. Il l'a prouvé par le passé.

Xu m'attend à la porte.

« Venez avec moi. Il va nous falloir être très réactives, très concentrées, lui poser les bonnes questions.

— Et ne pas l'importuner ou le décevoir.

— Vous avez raison, ce n'est pas un marrant.

— J'ai mis Alex et Mark sur le pont. » Elle me désigne une table derrière l'autre glace sans tain. Deux de nos jeunes, tous deux sino-américains, sont en place, écouteurs sur la tête, micro devant les lèvres, bloc de papier et ordinateur sous la main. Ils me font un signe de tête.

« Bonne idée. Allons-y. »

Wang Lijun est assis, les index en accent circonflexe devant les lèvres.

« Madame le consul, pressons, je vous prie. Je vous ai signalé que notre temps est compté, vous n'allez pas tarder à vous en apercevoir.

— Je vous présente Wei Xu, dont je vous avais parlé.

— Asseyez-vous, commençons. Madame Robertson, ainsi que je vous l'ai annoncé, les informations que je vais vous donner sont d'une importance capitale. Les États-Unis d'Amérique doivent comprendre que la Chine peut basculer dans le chaos, dans un régime politique différent, beaucoup plus dur, beaucoup plus dangereux, et ce à très brève échéance.

— C'est-à-dire ?

— Dès la fin de cette année 2012, selon la manière dont aura tourné ce XVIIIe Congrès qui, à bien des égards, pourrait constituer une étape majeure pour l'histoire de mon pays et, par ricochet, du monde entier.

« Venons-en aux faits. Vous connaissez, je présume, l'appellation de *princelings*, les princes héritiers, au sommet du Parti communiste chinois ?

— Oui, ce sont les dignitaires du Parti pouvant se prévaloir d'une famille ayant été d'une manière ou d'une autre associée aux différents temps de la révolution, sous Deng Xiaoping ou, mieux encore, sous Mao. »

Je me tourne vers Xu. Celle-ci ajoute :

« Pour nous, Américains, les *princelings* sont considérés comme les gardiens du temple, de l'orthodoxie de la révolution. Ils doivent être différenciés des dirigeants sans ascendance " noble" au sens du Parti, ayant gravi les échelons du pouvoir par eux-mêmes, marche après marche, grâce à leurs diplômes, leur volonté, leur intelligence. Les représentants les plus remarquables en sont le président actuel Hu Jintao et son Premier ministre, Wen Jiabao.

— Mademoiselle, vous avez très bien résumé la situation. En revanche, vous n'avez peut-être pas bien mesuré que la rivalité entre les princes héritiers, en retrait depuis dix ans, et les autres dirigeants potentiels s'est exacerbée dans des proportions inouïes. Les informations que je détiens, et dont je vais vous communiquer la teneur, vont vous permettre de mesurer à quel point nous sommes dans une situation de guerre potentielle, pouvant dégénérer en coup d'État militaire, voire en scission d'une partie de la Chine, dont les conséquences seraient incalculables. »

Il a un art consommé du récit. Il s'est arrêté net, regardant le plafond, comme enfermé soudain dans ses pensées. Xu a les pommettes plus rouges que jamais. Elle me fixe avec intensité, sans esquisser le moindre mouvement. Je lui fais signe de parler, si elle le souhaite.

« Monsieur Wang, pardonnez-nous, mais nous sommes très surpris du début de cette conversation. Nous pensions que vous alliez évoquer votre spécialité, la mafia, ou vos soucis récents dans la hiérarchie, ou encore les accusations de corruption qui ont couru sur votre compte. En quoi l'ex-responsable de la police de Chongqing, si remarquable soit-il, peut-il prétendre connaître mieux que les services spécialisés américains les luttes féroces qui se déroulent derrière les murs ouatés du Comité central ?

— Votre remarque est cohérente. Pourtant, elle n'est pas justifiée. Il se trouve d'abord que mon action à Chongqing a été conduite en étroite relation avec un des *princelings* les plus fascinants, le maître de la ville, M. Bo Xilai, susceptible d'entrer au saint des saints, parmi les neuf membres du Comité permanent, dès la fin de cette année. Il se trouve aussi que, pour notre malheur, la répression des gangs que j'ai eu l'honneur de conduire sans faiblir m'a permis d'obtenir les preuves les plus incontestables du lien tragique – vous m'entendez bien ? tragique – entre ce combat politique pour le contrôle du pouvoir suprême et les triades, la mafia, si vous préférez, le cancer de notre nation. Dans la lutte à mort qui s'engage pour prendre le contrôle de la formidable puissance que devient la Chine, tous les coups sont permis. L'enjeu est si considérable que peu lui résistent. Peu, ou personne ? » Le Tigre me fixe. « Madame le consul, nous entrons dans l'année du dragon, l'année de tous les dangers. »

« En tant que citoyenne américaine, madame le consul, quel est, selon vous, le plus grand danger, le communisme ou la corruption ?

— Pour mon pays ou pour le vôtre ?

— Pour les deux : j'espère que vous ne faites pas de différence entre les êtres humains d'ici et ceux de chez vous. »

Il a son premier sourire, une esquisse étrange, fugitive. Ses yeux se plissent un instant, puis les paupières s'ouvrent à nouveau derrière les lunettes impeccables. En fait, il doit les essuyer non pour son confort, mais pour donner à voir son propre regard à son interlocuteur – pour accroître son empire sur lui.

« Je ne fais pas de différence. Je crois que le communisme est une idéologie menant à l'impasse économique et politique, mais la corruption est un facteur de destruction de toute société.

— Donc nous sommes d'accord. La corruption est un chancre dévorant les communautés, dégradant les rapports humains, détruisant les énergies positives. La corruption est insidieuse, elle ronge en silence le socle d'une société, l'affaiblit, et quand elle se disloque, il est trop tard. J'ai passé ma vie à la combattre, je suis prêt à mourir dans cette lutte ; peu importe que j'y laisse la vie, pourvu que cette juste cause triomphe. »

Je tapote sur la table avec mes ongles.

« Au fait, cher monsieur. »

Il est surpris. Il ne doit pas avoir l'habitude de se voir opposer une contradiction frontale – féminine, qui plus est. Il éructe un mot bref que je ne comprends pas. Xu sursaute et rougit.

« Vous parlez le mongol, mademoiselle ?

— Oui, monsieur. Ce n'était pas dans vos fiches ? » Elle aussi joue le jeu de l'impertinence. Il ne relève pas.

« La corruption accompagne le capitalisme. L'appât du gain, l'avidité sont les terrains naturels de son développement. Elle est le bacille de la peste transporté par les rats, propageant l'épidémie à la vitesse du vent au gré des déplacements de personnes supposées saines.

— Pardonnez-moi, mais je crois que si l'on s'essaie à la comparaison, le système chinois est aussi corrompu que celui de l'Occident. Sinon plus.

— Par malheur, vous avez en partie raison. Tel est le triste résultat de l'ouverture à votre influence depuis plus de vingt ans. Nous sommes comparables à ces pauvres Indiens des origines, quand les Blancs ont débarqué en Amérique. Les maladies importées ont détruit des organismes n'ayant aucune protection contre ces horreurs. Aux temps héroïques de la révolution, la corruption n'existait pas en Chine, madame le consul. Et je vous défie de me prouver le contraire. »

Il se tourne vers Xu, attendant qu'elle réplique. Cette fois, elle ne bronche pas. Il poursuit : « Prenez garde ! La maladie est peut-être moins apparente chez vous, mais elle présente les mêmes dangers. Le véritable enjeu est l'attitude de ceux qui sont en charge de la protection des citoyens. Vous, vous la laissez se développer, vous pensez même en tirer profit. Nous, nous avons décidé de la combattre, de la dominer et, pourquoi pas, d'en faire une arme. »

De manière assez étrange, j'éprouve le sentiment d'un affrontement entre lui et nous, comme s'il était venu régler quelques comptes au passage. Je ne me laisserai pas faire, j'imagine qu'il le sait.

Mes intuitions à son endroit se partagent entre une manière de fascination dont il m'est difficile de me départir et un profond dégoût, on pourrait même parler de répulsion, liés autant à son passé qu'à cette morgue émanant de toute sa personne.

« Ne vous fiez pas aux apparences. Les ressources profondes du peuple américain sont plus fortes qu'on ne le croit souvent. Beaucoup, dans le passé, se sont mépris à ce propos.

— Non, madame, je ne vous sous-estime pas. J'affirme simplement que la corruption se glisse dans des interstices inattendus, y compris dans les systèmes paraissant invulnérables. Les tentations d'y succomber sont multiples : la soif des signes extérieurs de richesse paraît souvent le premier des moteurs. Pour ma part, je placerais sans doute encore avant la pulsion sexuelle. Posséder par le sexe conduit à la plus forte des jouissances et justifie l'utilisation des procédés les plus immoraux. »

Je l'observe quand il prononce ces mots. Il est impassible, froid, clinique.

« Mais la pire des raisons motivant la corruption, la plus redoutable, la plus détestable pour moi, est la volonté d'appartenir à un groupe, quel qu'il soit. Je peux faire preuve d'une certaine mansuétude pour la corruption individuelle ; la faiblesse et la tentation font partie du caractère humain... »

J'ignore pourquoi, mais il me semble qu'il regarde Xu de manière insistante. D'ailleurs, elle rougit à nouveau et quelques fines gouttes de sueur perlent au-dessus de sa lèvre supérieure.

« ... En revanche, ce qui me semble devoir être réprimé sans limite, avec la violence la plus extrême, est la corruption au profit d'une organisation. Car il s'agit bien alors d'une guerre contre la nation, utilisant la plus méprisable des armes de destruction et appelant en réponse une lutte à outrance.

— "À outrance" implique-t-il de recourir à la torture ?

— J'ai dit "sans limite". »

Xu intervient d'une voix posée, le dos droit, les mains serrées l'une sur l'autre.

« Y compris en mutilant des corps, en pratiquant de barbares atrocités, en organisant des prélèvements d'organes ? »

Je suis interloquée par la manière dont ma collaboratrice vient de changer de ton. Wang Lijun ne se départit pas de son flegme. Il fronce les sourcils.

« Mademoiselle, je présume que vous êtes un membre de Falun Gong ?

— Oui, monsieur, je le suis depuis plus de dix ans.

— Vos yeux lancent du feu. Si vous aussi voulez me tuer, je vous demanderai de bien vouloir m'accorder un léger répit. Pendant les courts instants que nous allons passer ensemble, les sentiments personnels ne doivent pas interférer avec les éléments qu'il me faut vous communiquer. »

La situation n'est pas simple. Les enregistreurs tournent, je dois agir vite.

« Monsieur, je vais vous demander de nous excuser un bref moment. Je dois m'entretenir avec mon adjointe.

— Faites, je vous en prie. Mais revenez vite. »

Il se lève pendant que je fais signe à Xu de me suivre. À la porte, j'ordonne au sergent surveillant la salle de s'enquérir d'ici à trois minutes de toute demande de la part de M. Wang.

« Proposez-lui votre aide pour copier les documents numériques sur nos ordinateurs, de la sorte nous gagnerons du temps. »

« Maintenant, Xu, j'attends des explications. » Je suis furieuse. Nous sommes sous tension et j'ai le sentiment qu'elle me trahit au pire moment, quand ma carrière pourrait s'effondrer ou, au contraire, sortir de l'ornière. Nous travaillons ensemble depuis cinq ans, je l'ai embauchée, je lui ai donné sa chance, je lui ai accordé une confiance absolue. Pour la première fois, j'éprouve un doute à son sujet.

En face de moi, à la fois frémissante et d'un calme total, elle me regarde droit dans les yeux. Je l'entraîne vers les deux fauteuils placés en face des micros. Elle lève les yeux vers l'une des caméras.

« Je veux que notre conversation soit enregistrée, lui dis-je. Ce que nous disons doit être consigné, car ces circonstances font aussi partie de cet événement dont j'ai le sentiment qu'il nous dépasse. Je vous accorde un instant pour votre défense, et j'aurai ensuite à prendre une décision.

— Ann, ce terme de défense me semble très mal choisi. Mon appartenance à Falun Gong relève du domaine de l'intime. J'aime les États-Unis précisément pour cette liberté dans les convictions les plus secrètes. Je ne vous ai jamais parlé de cette philosophie, découverte par ma mère. Elle y a adhéré la première et m'a offert le livre *Zhuan Falun*. Il en est résulté quelque chose de très fort entre elle et moi, un lien spirituel, une sorte de vibration douce, à l'unisson. Ce que vous appréciez en moi provient aussi, en partie, de Falun Gong.

— Pourquoi me l'avoir tu, Xu ?

— Mais Ann, vous ne m'avez jamais raconté vos impressions quand vous lisez la Bible ou... je ne sais, quand vous écoutez un discours politique !

— Non, c'est différent. Cette information aurait dû figurer dans votre dossier. Falun Gong peut avoir une influence directe sur votre travail.

— Vous savez aussi bien que moi l'influence de vos opinions politiques sur votre carrière actuelle. »

Elle se mord les lèvres. Touché. Elle le sait et, dans une certaine mesure, doit le regretter. Je la connais, ce genre d'attaque n'est pas dans son tempérament. Je ne peux lui en vouloir : après tout, ce sont mes arguments qui la poussent à bout, mes arguments et ce foutu Chinois qui nous attend dans la pièce voisine.

« Je reconnais que, jusqu'à aujourd'hui, je n'aurais pas pensé être confrontée directement à l'un des pires bourreaux de ce pays, dit-elle.

— Vous êtes sûre de sa culpabilité ?

— Falun Gong est l'une des raisons expliquant mes orientations universitaires. Je connais l'histoire du mouvement sur le bout des doigts, son apparition dans la société chinoise encore communiste, la manière dont le président Jiang l'a traqué sans merci, avec dans sa manche Bo, le grand inquisiteur Luo Gan, et Wang Lijun comme troisième lame du trident de l'horreur.

— En toute honnêteté, dites-moi si vous vous pensez apte à poursuivre l'entretien avec lui.

— Ann, ne tombez pas dans le piège de leur sémantique. Falun Gong n'est pas, n'a jamais été une secte. Je vous accorde juste une évolution un tantinet... exaltée du grand maître Li Hongzhi. En ce qui me concerne, j'ai su faire la part des choses, comme l'ensemble des adeptes que je connais. La philosophie Falun Gong m'aide à vivre au quotidien, ce n'est ni une religion ni une organisation à laquelle je serais assujettie de quelque manière que ce soit. En revanche, je connais mieux que quiconque dans ce consulat l'histoire du mouvement et de sa répression insensée. Il m'est avis que cette compétence pourrait vous être très utile dans la suite des événements. Ce tigre-là m'a déjà mordue, et j'en ai tiré une expérience précieuse. »

Nous revenons ensemble dans la salle. Juste avant, j'ai fait une courte déclaration à la caméra afin de justifier la poursuite de l'entretien avec Xu.

Wang Lijun ne cille pas. Nous nous installons comme précédemment.

« Madame le consul, il me faut entrer dans le vif du sujet. Ma première révélation est gravissime : elle peut faire peser un péril non seulement sur la Chine, mais aussi sur l'équilibre général de la planète. Je vais tenter d'être aussi précis que possible. Les informations que j'ai réunies concernent Bo Xilai, chef du Parti communiste de Chongqing et susceptible de devenir à la fin de cette année l'un des neuf membres du cerveau de notre nation, je veux parler du Conseil permanent du Comité central du Parti communiste. M. Bo, *princeling* parmi les *princelings* en tant qu'ancien ministre du Commerce, aurait alors toutes les chances de devenir la figure principale de l'économie chinoise, et à ce titre d'être un interlocuteur privilégié des Occidentaux. Une telle évolution serait une véritable catastrophe. »

Il prend un ton de plus en plus solennel, parle fort, son débit s'accélère. Malgré moi, je reconnais que je ne perds pas une miette de ses paroles.

« J'ai acquis la certitude que M. Bo a pris le contrôle d'une nouvelle triade, dont les trois objectifs sont de s'emparer du pouvoir en République populaire de Chine, de contrôler la finance mondiale et d'affaiblir les États-Unis d'Amérique par une infiltration au plus haut niveau de votre gouvernement fédéral. »

Il croise les bras, il attend une réaction. J'émets un petit sifflement.

« Rien que cela ? Vous n'y allez pas de main morte, monsieur Wang.

— Je dispose de preuves pour étayer ce que j'avance. Ces preuves, je vais vous les fournir. Mieux : je vais les mettre en sécurité, parce que je vais vous les confier. En quelque sorte, vous allez détenir cette fameuse assurance-vie que je veux constituer en venant ici. »

Xu lève la main, comme une élève sage. Ses joues se sont à nouveau empourprées. Je lui donne la parole, et elle parle si vite en chinois que j'ai un peu de mal à suivre.

« Monsieur Wang, votre attitude paraît à vrai dire stupéfiante, surtout provenant d'une personne aussi connue, aussi respectable que vous. Vous savez bien qu'ici votre démarche est un pur scandale. En Chine, personne n'exprime de manière explicite son opposition ; en Chine, personne ne fait étalage sur la place publique d'un conflit vis-à-vis d'une tierce personne, à plus forte raison vis-à-vis de la puissance publique ; en Chine, jamais on ne fera appel à des témoins extérieurs pour trancher un litige, et moins encore à des officiels américains représentant, ne nous mentons pas, l'ennemi intime et inéluctable de la Chine. Monsieur Wang, pour moi, votre attitude est inexplicable, indéfendable... pour tout dire, méprisable. Et c'est ainsi qu'elle serait qualifiée par tout

Chinois, quel que soit son niveau de responsabilité, quelle que soit son éducation. »

La violence de l'attaque lui fait baisser les paupières. Je suis moi aussi étonnée. Xu me jette un coup d'œil, regarde les caméras. Non, elle n'a pas perdu le contrôle ; non, sa réaction n'est pas dictée par la haine ou par le désir de vengeance ; oui, elle se souvient qu'elle est enregistrée.

Le premier moment de surprise passé, je retrouve les réflexes que j'avais abandonnés en ces circonstances exceptionnelles. Appliquons les principes d'un interrogatoire face à une importante personnalité. Comme Xu, j'ai reçu cette longue formation au Département d'État, il est normal de la mettre en application. Dans le cas présent, je reconnais la justesse de son argumentaire. Wang Lijun a cassé les codes dans des proportions inouïes, il est donc normal qu'elle fasse de même. En enfonçant la lame dans la zone la plus douloureuse, elle lui a fait mal.

Quand il reprend la parole, son ton à lui a changé – il est rauque, saccadé. Plus question de s'essuyer les lunettes ou de conserver une solennité de façade. Soudain le rideau se déchire ; j'ai en face de moi un monstre de détermination, de fureur, d'autorité, de cruauté. Eliot Ness est loin. M. Wang se lâche.

« Mademoiselle, si j'en suis réduit à pareille extrémité, vous vous imaginez bien que ce n'est pas par caprice ou parce que je suis devenu fou. Dois-je mentionner ce que sans doute vos services savent déjà ? Un peu partout en Chine, en tout cas partout où je suis passé, mes anciens collaborateurs ont été appréhendés ces jours derniers. Deux de mes lieutenants, des garçons que j'ai formés, des policiers d'exception, ont été tués lors de leur arrestation. Je vous parle de faits survenus dans les cinq derniers jours, depuis ma rétrogradation infamante.

— Pardonnez-nous, mais nous ne le savions pas.

— Alors renseignez-vous avant de prononcer des jugements hâtifs. Pour venir vous trouver, j'ai dû user de ruses ridicules. Lors d'une inauguration d'école, ce matin, je me suis éclipsé grâce à un déguisement. J'ai choisi de venir ici parce que je voulais rencontrer monsieur le consul Haymond, et parce que Chengdu est proche. Je ne serais pas arrivé vivant à Pékin ; je suis en sursis, je le sais. Et pourtant, cela ne suffirait pas à justifier la démarche que je suis en train d'accomplir. Si je suis ici devant vous, c'est que l'affaire est à ce point gigantesque qu'elle m'a obligé à transgresser tous mes principes, les fondements mêmes de mon éducation. Je vous parle bien d'un péril terrible, qui menace mon pays et la paix dans le monde. Je me fiche de ce que vous pensez de moi, je n'ai que faire de votre mépris ou de votre dégoût. »

Il se lève soudain. Xu et moi sursautons. Il déboutonne sa chemise, nous montre des cicatrices horribles sur son torse et le haut de ses épaules.

« J'en ai vingt partout sur le corps. J'ai payé pour ma lutte contre la corruption. À la suite d'un attentat, je suis resté trois semaines dans le coma ; j'en garde d'épouvantables migraines nocturnes, des insomnies, des douleurs lancinantes. Aujourd'hui, je fais ce que j'estime être mon devoir. Telle a été ma philosophie. Je n'en ai jamais dévié, et ce n'est pas aujourd'hui, ce n'est pas à mon âge que j'en changerai. »

Il respire fort, se reprend. Je m'aperçois qu'il est encore plus convaincant à présent qu'il se dévoile tel qu'il est.

« Mademoiselle, dans un certain sens, vous avez raison : je suis en train de trahir mon pays. J'en ai conscience, j'en souffre comme vous ne pouvez pas l'imaginer, au point d'accepter le sacrifice de ce que j'ai de plus cher : mon honneur. »

« Monsieur Wang, avant d'en venir à vos fameuses preuves, je voudrais que vous soyez un peu plus précis.

— Madame le consul, je suis prêt à accéder à vos exigences, seulement hâtons-nous, je vous le demande à nouveau.

— Oui, monsieur, je vous ai entendue, mais vous devez être plus clair. Vous prononcez des mots lourds, très lourds ; je souhaite donc que vous repreniez les principaux éléments de votre exposé. »

Il semble hésiter, réfléchit. Sans doute convient-il de la nécessité d'une explication complémentaire. Il s'exécute d'un ton redevenu monocorde, sans me regarder, s'adressant à la caméra et de temps en temps à Xu.

« Bien. Vous le savez, à l'heure actuelle, plusieurs clans s'affrontent pour le pouvoir suprême en Chine. Les deux principaux sont les *princelings* et les *tuanpai*. Pour exprimer les choses de manière schématique, les *tuanpai* sont les sortants, puisqu'ils comptent dans leurs rangs le président actuel, Hu Jintao, et son Premier ministre Wen Jiabao. Les *princelings* devraient reprendre la main lors du XVIIIe Congrès, en cette fin d'année 2012. C'est l'un des leurs, Xi Jinping, vice-président, qui assurera la succession du président Hu après ses huit années de pouvoir. Le futur Premier ministre, Li Keqiang, appartient au même clan, quand bien même son sang bleu de *princeling* est moins marqué – mieux vaudrait parler de sang rouge au demeurant, car les *princelings* se réclament de l'idéologie du Parti communiste et considèrent que le capitalisme est un mirage dont le processus d'autodestruction s'accélère avec la crise immense qui ravage l'économie planétaire depuis plus de quatre ans.

— Votre sympathie va plutôt vers eux, nous sommes d'accord ?

— Non, pas ma sympathie. Bien plus que cela. Je crois que l'influence des apprentis sorciers *tuanpai* doit cesser avant qu'il ne soit trop tard. De nombreux signes démontrent que la Chine pourrait courir un très grand risque à se laisser griser par nos fragiles réussites. Nous devons nous recentrer sur les principes moraux que nous ont légués le Grand Timonier et le président Deng. Telle est ma conviction profonde. Je vous le redis, elle guide toute ma vie depuis que j'ai quitté l'enfance. »

Le téléphone sonne. Je ne réagis pas : nous devons le laisser parler.

Je reprends :

« M. Bo Xilai ne l'incarne plus désormais ? Vous l'avez suivi avec ferveur pendant des décennies.

— Je vous ai parlé de plusieurs camps. En plus des *princelings* et des *tuanpai* en est apparu un autre, le plus inquiétant, le plus destructeur, même si son émergence ne peut être considérée comme une surprise. Ce clan est celui d'une nouvelle triade nommée *Audace de l'Argent*.

— Une triade se serait insinuée dans la lutte pour le pouvoir politique ?

— Les triades et leurs organisations criminelles sont plus proches des *tuanpai*. Tous ces gens ne rêvent qu'enrichissement personnel et éclatement de notre pays. Elles ont été utilisées par le pouvoir politique et économique, nous le savons tous, votre CIA comme notre Guoanbu[1].

— J'allais vous en faire la remarque. Cela est regrettable, certes, mais nous avons bien conscience de l'interrelation croissante entre les capitaux criminels et ceux d'une économie dont plus personne ne maîtrise l'expansion. »

Il fait un geste d'impatience. Je sens que je l'importune : je ne le relance pas vraiment, et je l'empêche d'aller là où il veut aller, à un rythme qu'il voudrait plus rapide.

« La triade *Audace de l'Argent* est à part. Elle ne se cantonne pas, contrairement aux autres, à l'univers de ses semblables, dont l'objectif est peu ou prou de conserver une position dominante vis-à-vis de ses concurrents, pour reprendre cette terminologie économique que vous goûtez tant. Non, la triade *Audace de l'Argent* a un objectif beaucoup plus important, bien plus grave : celui d'entrer dans la lutte pour la conquête du pouvoir suprême. Elle est une sorte de prolongement logique de l'évolution des rapports de force dans ce pays, évolution qui a rendu les maîtres de l'économie aussi puissants que ceux de l'armée ou de la vie politique. Elle a compris que les profits traditionnels tirés de la corruption dans les domaines du jeu, de la prostitution et de la drogue ne sont rien auprès de ceux que rapporte l'économie réelle. Tant qu'à construire une toile d'araignée, autant choisir de capturer les plus grosses proies. Par conséquent, *Audace de*

---
1. Services secrets chinois.

l'Argent a décidé de se focaliser sur la véritable arme absolue du monde contemporain : la finance. Ses dirigeants ont observé les derniers événements et en ont tiré de précieux enseignements. Oui, la finance peut à elle seule faire exploser le monde ; oui, la finance peut détourner la plus grande part des profits réalisés dans la plupart des grandes activités ; oui, la finance dispose d'assez de relais pour imposer ses vues aux politiciens des grandes démocraties. La triade en a conclu qu'il était pertinent d'attaquer de front ce terrain jusqu'ici considéré comme accessoire. Ses avancées sont foudroyantes, je vais vous le montrer. Et à partir de cette rampe de lancement, *Audace de l'Argent* a déjà commencé l'offensive suivante, en plaçant ses hommes au plus haut des postes de décision. En se développant grâce à la bienveillance aveugle des *tuanpai* et en s'appuyant sur des *princelings* tels que Bo Xilai, la triade est sur le point d'entrer dans le grand jeu, d'accéder non seulement au pouvoir en Chine, mais aussi de diriger le monde. »

Mouchoir, lunettes. Il reprend son souffle ; il est aussi clair que possible. Xu et moi restons silencieuses. Le téléphone retentit encore dans un silence pesant. Xu finit par décrocher. Elle répond en anglais, puis me passe l'appareil.

« Madame le consul, vous devez venir d'urgence. C'est le Département d'État sur la ligne sécurisée. »

J'explique à M. Wang que les nouvelles commencent à circuler. Je vais sans doute devoir fournir une longue explication à mes supérieurs.

Il fronce les sourcils. « Je vous ai répété que nous n'avions pas de temps. Dites-le aux gens de chez vous, dites-le-leur vite. »

J'avoue que, cette fois, j'irais plutôt dans son sens. Il me semble urgent qu'il commence à nous donner des preuves de ce qu'il avance, car elles pourraient revêtir la plus haute importance, en effet. Dans quatre jours, le vice-président Xi Jinping, le chef des *princelings*, doit rencontrer notre président à Washington. Si ce dernier doit entrer en campagne électorale dans les semaines qui viennent sans certitudes sur son propre avenir, il n'en va pas de même pour son interlocuteur chinois. Dans huit mois, celui-ci sera le maître suprême de la Chine. Du moins si tout se passe comme prévu.

Je demande à Xu de sortir avec moi. Non que j'aie besoin d'elle, mais je préfère qu'elle ne reste pas seule avec Wang Lijun, car elle risquerait d'être tentée de poursuivre l'entretien. Je prendrais trop de retard, je n'aurais pas le temps d'écouter les aveux complémentaires. Je veux tenir toutes les cartes en main. Elle a saisi, je sens qu'elle m'accompagne de mauvaise grâce – non sans avoir lâché quelques mots, en mongol je suppose, car M. Wang semble les comprendre. Je la foudroie du regard : il faudra que nous ayons une autre explication. J'envisage de me passer d'elle pour la fin de la procédure. Depuis cinq ans que nous travaillons ensemble, c'est la première fois qu'elle m'agace à ce point.

Quand nous sortons de la pièce ouatée, nous sommes assaillies par l'agitation qui règne près de la porte. Tom Isner, le secrétaire général du consulat, est en bras de chemise, mes deux techniciens se tiennent près de lui, des gardes, des secrétaires courent en tous sens.

« Mon Dieu, Ann, c'est l'affolement général à Pékin, à Washington. J'ai essayé d'expliquer la situation, mais il faut que vous fassiez le point en urgence. Peter est sens dessus dessous, l'ambassade, le Pentagone sont aux cent coups. Vous vous rendez compte que la secrétaire d'État suit les événements en personne ? Vous n'allez sans doute pas tarder à l'avoir en ligne. »

Diantre... Je me doutais de l'écho qu'allait susciter cette affaire, mais pas qu'il atteindrait de telles proportions. Je réfléchis quelques instants.

« Comment procédons-nous, Tom ?

— J'ai préparé une web-conférence à côté. Nous sommes en train de joindre les participants, qui vous attendent, je crois. Je leur ai déjà transmis les premiers enregistrements de votre conversation avec Wang. Ils sont en train de les passer à la moulinette à Washington.

— Ok, j'y vais. Xu, vous m'accompagnez. Vous ne parlez que si je vous le demande. »

Un écran géant comparable à celui que nous avons mis en place dans la salle d'interrogatoire est allumé. Il est partagé en quatre. En haut à gauche, le Pentagone. Trois officiers et un civil sont déjà assis ; ils discutent, le son n'est pas branché. En fait, ce sont deux généraux quatre étoiles et un major. Le civil n'est autre que le grand patron de la NSA[1]. Je respire un bon coup. En haut à droite, le Département d'État. Peter est assis au milieu de quatre personnes, je reconnais le chef de cabinet de la secrétaire d'État. Ils regardent un autre poste dans leur bureau, probablement les images de l'interrogatoire. En bas à gauche, l'ambassadeur Locke à Pékin et son équipe ; deux femmes et deux hommes que je connais tous, responsables de la sécurité, du renseignement, des affaires économiques – la totale, quoi. En bas à droite, mon image. Je m'assois, mon micro est branché. Le coordinateur technique informe les participants que nous pouvons y aller. Peter prend la parole et résume le déroulement des faits et la situation.

« Ann, as-tu quelque chose à ajouter sur ce qui vient d'être dit ?

— Juste ceci : Wang Lijun est bien venu de lui-même, sans aviser sa hiérarchie. Il a utilisé le vice-colonel Tchong, ici à Chengdu, et c'est lui qui a contacté ton secrétariat pour demander audience.

— On lui a dit que j'étais absent ?

— Non. En fait, je crois qu'il est passé par sa nièce, qui serait ton assistante. Tu confirmes ?

— Oui, en effet. »

Un général prend la parole. Il est désagréable, il doit détester la Terre entière, en particulier le personnel des Affaires étrangères.

« Le temps presse. »

Lui aussi ! Ma parole, je n'en sors pas.

---

1. National Security Agency, en charge de l'analyse de toutes les communications dans le monde.

« Il me semble qu'étant donné la nature des révélations et la personnalité de l'individu, il faudrait que le traitement soit effectué par des gens de chez nous et des services spéciaux. »

Le chef de cabinet actionne son bouton de prise de parole. Nous nous taisons tous.

« Je vous informe d'abord que la secrétaire d'État suit elle-même le dossier et que le président en est informé. La tournure prise par les événements ne nous plaît pas du tout et pourrait contrarier le principe même de la visite ultrasensible de vice-président chinois à Washington. Nous ne pouvons pas nous permettre de laisser cette affaire durer plusieurs jours. Il faut collecter le maximum d'informations en moins de vingt-quatre heures. Est-il possible d'envoyer en urgence une équipe de la CIA ou de la NSA ?

— Négatif. Je peux expédier des gars mais, pour tout mettre en œuvre et être opérationnel là-bas, il me faut deux jours minimum.

— Trop long. Si on exfiltrait l'individu ?

— Possible mais pas simple. La personnalité du gars est compliquée, à tous points de vue.

— Ann, pensez-vous qu'il y serait favorable ?

— Je n'en sais rien. Ce n'est pas certain, mais il semble en danger de mort dans son pays, c'est la raison pour laquelle il s'est décidé à trahir.

— Ok, vous étudiez la situation. Je veux que l'on me construise un scénario d'ici trois heures. En attendant, Ann poursuit l'entretien. Nous avons une section complète qui va suivre les aveux en direct sous la direction de Peter. Ann, équipez-vous d'une oreillette. Tâchez d'obtenir qu'il nous balance ses documents au plus vite, que nous commencions à les décortiquer. Je mets en place deux cellules de décryptage, une ici et l'autre à Pékin, à l'ambassade.

À tous, je veux souligner à nouveau que, dans quatre jours, le futur président chinois débarquera ici. Et le type que vous avez dans votre bureau est ni plus ni moins qu'un missile à tête chercheuse. Nous ne pouvons nous permettre d'appuyer sur le bouton. »

Nous nous tenons de nouveau devant la porte du sas. L'ambiance est étrange. On m'ajuste l'appareil dans l'oreille droite ; j'ordonne que Xu en soit également équipée.

« Il faut le dire à Wang.

— Vous croyez ?

— Oui, je suis convaincu qu'il s'y attend. Il préférera savoir qu'il est pris au sérieux. »

Le médecin du consulat s'approche de moi.

« Madame, voulez-vous prendre des pilules pour... aiguiser votre lucidité dans les heures qui viennent ?

— Elles sont à base de quoi ?

— Amphétamines.

— Non, je ne préfère pas. Je crains toujours le contrecoup avec ces produits-là. Et j'ai tendance à penser que nous devrons conserver notre agilité intellectuelle plus longtemps que nous ne le pensons.

— Je peux vous préparer un complément par intraveineuse.

— Laissez tomber. Je suis résistante. Et l'adrénaline est souvent le meilleur des dopants. »

Wang Lijun nous regarde entrer. Je ne peux le définir, mais dans ses yeux je crois lire un sentiment négatif. Déception ? découragement ? autre chose ? Je lui présente de nouveau mes excuses et lui fais part des observateurs en direct qui dissèquent ses paroles.

« Plutôt que de contrôler à distance ce que nous pourrons dire, mieux vaudrait mettre en place la même web-conférence afin que ceux qui vous dirigent me posent les questions qu'ils souhaitent. Mais, mesdames, messieurs, je me demande si vous souhaitez vraiment vous emparer des informations que je tiens à votre disposition. Si vous préférez, je peux partir. »

Rugissement dans l'oreillette, sursaut de ma part.

« Bien sûr que non ! Je vous ai juste informé de la réunion expresse qui vient de se dérouler. Voici la liste des participants : vous pouvez mesurer à quel point mon pays saisit l'importance majeure de votre démarche. J'ajoute que Mme Clinton, notre secrétaire d'État, suit personnellement l'affaire et qu'elle en informe le président Obama en direct. Mais revenons, si vous le voulez bien, au cœur de ce que vous voulez dénoncer, cette triade nouvelle. » Il ferme les yeux presque une demi-minute puis les rouvre et reprend, déterminé : « Très bien. Je crois que cette triade est en fait la conséquence de l'autre phénomène que j'évoquais tout à l'heure : la place fondamentale prise par la finance et les bouleversements qui la caractérisent ces dernières années, avec l'accélération des changements depuis le début de la crise. »

Il saisit (enfin !) sa sacoche près de lui. Il marque un léger temps d'arrêt, l'ouvre. Il en sort un coffret de cuir plat dont il soulève le couvercle. Six carrés noirs sont insérés dans leur emplacement les uns à côté des autres.

« Voici les six disques durs les plus recherchés de toute la Chine, lâche-t-il dans un sourire rapide.

Je vais vous confier le premier ; il contient les éléments déterminants permettant de comprendre les montages financiers d'une incroyable complexité qui sont à l'œuvre, et dont nous sommes parvenus à démêler les fils.

— Vous ? La finance n'est pas votre spécialité, je crois. »

Il rit encore et secoue la tête.

« Elle ne le sera jamais ! Elle cristallise tant de comportements, de déviances qui me font horreur. La finance est le bras armé autant que le vecteur de la corruption que nous évoquions. Cela étant, en tant que policier, j'ai intégré cette dimension essentielle pour percer les réseaux criminels modernes – tout comme, il y a vingt ans, je me suis formé à la chimie de la drogue, à la transformation de l'opium en héroïne. Je ne me suis jamais piqué pour autant, et pourtant, je peux vous dire que je suis capable de juger la qualité d'une poudre au premier regard.

— Pour la finance, la reconnaissance gustative est moins utile.

— Oui. À tous points de vue, nous avons changé d'échelle. Les sommes en jeu ont été multipliées par un million, et les experts intervenant dans le processus sont au moins mille fois plus nombreux. J'ai donc construit une section spéciale, avec l'appui de M. Bo Xilai et aussi de Zhou Yongkang, l'homme lige de l'ancien président Jiang Zemin. Et surtout avec l'aval du conseiller principal de ce dernier. »

Xu intervient :

« Vous parlez de Zeng Qinhong, bien sûr ?

— Oui. »

Je me tourne vers Xu et lui montre l'oreillette pour lui rappeler qu'il est important de permettre à tous nos témoins lointains, aux États-Unis, de ne pas perdre le fil, de s'y retrouver dans les noms chinois.

— Pardon, monsieur Wang. Je dois préciser à tous que Zeng Qinhong est, au sein des plus hautes instances du Parti communiste chinois, l'un des hommes les plus exceptionnels qui soient. Vous êtes d'accord, monsieur ?

— Oui... Enfin non, ce n'est pas "l'un des", c'est le plus exceptionnel cerveau qu'il m'ait été donné de rencontrer dans toute ma carrière.

— Est-il juste de considérer que si l'ancien président Jiang Zemin est sans doute l'un des personnages ayant conservé dans l'ombre le plus de pouvoir sur la politique chinoise, derrière lui se tient toujours l'ombre de Zeng Qinhong ?

— C'est juste. Vous n'ignorez pas que Bo Xilai dit souvent que Jiang Zemin est l'actuelle "impératrice douairière Cixi".

— Cixi a contrôlé la dynastie mandchoue des Qing, entre 1861 et 1908.

— Mais Jiang Zemin a beau être atteint d'un cancer, l'influence de son clan risque de demeurer très forte grâce à Zeng Qinhong. »

J'ai moi-même besoin d'un éclaircissement.

« Quand vous parlez du clan, c'est un sous-groupe des *princelings*, n'est-ce pas ?

— En quelque sorte. Ce sont les dignitaires ayant appuyé Jiang Zemin quand il était au pouvoir. Pour la plupart, ils étaient originaires de Shanghai. »

Xu sourit :

« On les appelle d'ailleurs la Clique de Shanghai.

— Je n'aime pas ce nom. Je passe ma vie à lutter contre des bandes organisées et des sociétés criminelles. Or ce groupe honorable n'a rien à voir avec des associations de voyous. Ce sont, à l'image de

Zeng Qinhong, des gens très cultivés, portant haut l'idéal de nos pères.

— Ce seraient eux vos vrais... ne disons pas maîtres... vos véritables référents ?

— Oui. Je l'admets sans réserve, sans crainte, avec fierté. Si je devais prendre mes ordres, ce serait de Zeng Qinhong. Cela s'est déjà produit d'ailleurs, sans me poser le moindre problème moral.

— Donc, à cette époque, Bo Xilai et vous étiez en parfaite concorde avec "ceux de Shanghai" ?

— Oui. Ce que nous voulions, c'était lutter contre les dérives occultes des *tuanpai*, du président Hu Jintao et du Premier ministre Wen Jiabao.

— C'était en quelle année ?

— En 2005. C'est alors que nous avons commencé le nettoyage de Chongqing et découvert l'ampleur de l'organisation contre laquelle nous entrions en guerre. Zeng Qinhong avait baptisé l'opération du nom de code *Corbeau Blanc*. Notre équipe était constituée d'abord d'informaticiens exceptionnels, des jeunes gens brillantissimes ; ils étaient appuyés par des financiers passés par les plus grandes universités américaines, et par des mathématiciens spécialisés dans les modèles experts. Bo Xilai en avait recruté quelques-uns, les autres nous ont été fournis par "ceux de Shanghai". Nos résultats furent prodigieux. Dans les fichiers que contient ce disque dur, vous trouverez les données brutes chiffrées que nous avons piratées en entrant dans les systèmes ennemis. Vous trouverez aussi les explications élaborées par nos soins, avec les développements chronologiques de notre raisonnement, au fur et à mesure que nos hypothèses se trouvaient ou non confirmées. »

Il est impressionnant. À plusieurs reprises, j'ai ressenti un frisson me courir sur l'échine, tant je suis certaine que ce qu'il nous apporte est d'une importance capitale.

« Comme je vous l'ai dit, l'une des raisons pour lesquelles je vous fournis ces données est qu'il y a trois jours, douze des personnes clés du projet *Corbeau Blanc* ont été arrêtées ; et les deux qui ont été tuées sont les informaticiens ayant piloté l'enquête depuis cinq ans. Croyez-moi, tout cela n'est pas un hasard. »

Xu prend des notes à grande vitesse, en chinois, contrairement à son habitude.

« Vous avez été depuis toujours sous les ordres de M. Bo Xilai. Vous êtes associé à sa réussite, et vous nous signalez encore qu'il était à la tête du projet *Corbeau Blanc*. De quand date votre rupture avec lui ?

— "Rupture" n'est pas un mot suffisant. Il a trahi l'idéal car il prépare le détournement de notre puissance à son profit. Il est devenu l'un de nos ennemis mortels. Nos doutes sont apparus au début de l'automne 2011. Ils ont été confirmés au tournant de cette année 2012, dix jours avant le Nouvel An chinois – il y a donc trois semaines de cela. Par un moyen que je subodore, Bo Xilai a découvert la direction prise par les investigations que je menais sur ses agissements. Il connaît mon efficacité et ma détermination. Cela l'a amené à réagir. Lui et d'autres.

— Vous utilisez le mot "trahison" ; en quoi consiste-t-elle ?

— Pour le dire vite : récupérer à son profit, et au profit de ceux qu'il représente, la prise de contrôle que nous étions en passe de réussir au niveau mondial.

— Pouvez-vous être plus précis ?

— Deux mécanismes sont à l'œuvre dans la période actuelle, visant à conférer un pouvoir gigantesque aux structures financières de Hong Kong, Taïwan, Macao et Singapour. Le premier de ces mouvements est l'exode massif des liquidités chinoises. La richesse provenant de la croissance économique déserte nos banques traditionnelles, les fragilisant au passage, pour se porter dans des établissements déréglementés qui se trouvent dans ces villes sans foi ni loi, ces paradis fiscaux immoraux que nous tolérons à l'intérieur de notre propre territoire.

— Là, vous faites allusion à des évolutions n'ayant rien de secret.

— Elles sont bien connues des financiers, en effet. À cette migration massive s'ajoute, depuis plusieurs trimestres, la mutation à grande échelle de votre finance occidentale. À force de réguler et de réglementer, vous avez initié un processus d'exode forcé. Les équipes de vos meilleures banques, les capitaux, les structures techniques quittent New York ou Londres pour venir rejoindre nos fameux paradis, réglementaires cette fois. Et des groupes plus ou moins occultes commencent à se constituer, détenant derrière les vitres de leurs sièges sociaux les clés de l'économie mondiale. »

J'avoue que je regarde M. Wang avec étonnement. Sa présentation est limpide. Celui qui vient de se livrer à cet exposé n'est autre qu'un ancien agent de la circulation, ayant démontré certes de remarquables capacités quand il était en fonction, mais que je n'aurais pas estimé être en mesure d'avoir des idées si précises sur un champ si éloigné de ses spécialités.

Dans mon oreillette, chose étonnante, personne ne semble choqué. « Fais-le accélérer », disent-ils, comme si ces assertions relevaient de l'évidence la plus banale.

« Comment se produit l'intervention de M. Bo Xilai dans ce contexte, qui n'était pas davantage le sien qu'il n'est le vôtre ? »

Wang me regarde, comme s'il comprenait qu'il était allé trop loin dans la description, comme s'il avait transgressé les codes du personnage qu'il était censé jouer. Je me formule cette réflexion fugace, sans avoir le temps de l'approfondir.

« Nous pensions depuis longtemps que les triades ne devaient pas demeurer insensibles à l'afflux sur leurs territoires traditionnels d'aussi massives quantités d'argent. Nous soupçonnions déjà qu'en accord tacite avec certaines autorités, des rapprochements entre le monde du crime et celui de la finance s'étaient constitués et pouvaient devenir un réel danger pour l'équipe dirigeante censée arriver au pouvoir en 2012.

— À l'image du contrôle occulte par les dignitaires de l'armée, ou par les gens de Shanghai autour de l'ancien président Jiang Zemin, vous suggérez que le président actuel Hu Jintao planifiait de rester le maître du jeu par son emprise sur une finance asservie ? »

Xu touche juste, une fois encore. Wang a tiqué sur le terme « occulte » – il ne laisse rien passer qui ressemble de près ou de loin au crime organisé.

« La première partie de votre phrase est très excessive : les grands soldats de notre nation sont d'abord fidèles aux idéaux de la révolution, dont les errements du monde capitaliste confirment tous les jours la pertinence. En revanche, vous avez raison pour la suite. Le futur ex-président Hu Jintao se livre avec son clan des *tuanpai* à une vaste campagne de noyautage à des fins plus que condamnables.

— Vous pensez qu'il faut y voir l'origine de la traque dont vous et vos anciens collaborateurs feriez l'objet depuis quelques jours ?

— Non, ne confondez pas tout ! Je vous l'ai dit, les *tuanpai* sont des incapables, des faibles, ils ne me font pas peur. Celui qui veut me tuer est bien Bo Xilai, l'homme à qui je dois tout, je le concède, mais qui s'octroie de ce fait le droit de me supprimer.

— Pourquoi cette haine ? Êtes-vous vraiment sûr qu'il ne serait pas le meilleur défenseur de vos idées, une fois au pouvoir ?

— Patientez juste un peu : vous allez mieux cerner ses manœuvres, je vous les rendrai transparentes. Il y a quelques semaines encore, Bo Xilai était toujours en charge de piloter la contre-attaque, en réponse aux informations que nous possédions. Tout laissait à penser qu'avait commencé la grande razzia sur les structures financières géantes à caractère mafieux. Le dernier volet de l'opération *Corbeau Blanc* était le plus important. Il s'agissait de monter une complexe structure juridique, dont vous trouverez les détails dans le disque dur. Elle permettait d'entrer peu à peu dans le capital de toutes les firmes financières considérées comme déjà récupérées par la triade, d'identifier les personnes dangereuses ayant infesté le système et de les éliminer.

— Par tous les moyens.

— Oui, madame. Y compris l'élimination physique. »

« À quel moment survient le grain de sable ?

— Le grain de sable, comme vous dites, a plutôt pris la dimension d'un rocher ! Au mois de septembre 2011, quand au hasard de plusieurs interrogatoires – je vais d'ailleurs vous en fournir les vidéos parmi d'autres, dans le deuxième disque dur – il nous est apparu que plusieurs montages juridiques réalisés par M. Bo n'avaient pas été signalés aux responsables de *Corbeau Blanc*.

— Non signalés ?

— Oui. La guerre de mouvement avait bel et bien commencé pour la suprématie sur la sphère financière, sauf qu'à la stupéfaction générale Bo Xilai ne semblait plus œuvrer ni pour le clan du président Jiang, ni pour celui des *princelings*, ni pour celui des *tuanpai* du président Hu.

— Il travaillait pour son propre compte ?

— Presque. Comme vous l'avez compris, je vous parle d'opérations monstrueuses, supposant la mobilisation d'une quantité d'experts, de talents, de compétences que même le puissant Bo Xilai ne pouvait réunir à lui seul.

— Il appartiendrait donc à une sorte de quatrième clan ?

— C'est ainsi que nous l'avons identifié. Ce clan-là est le plus dangereux de tous. En réalité, il s'est constitué lors de la refonte de l'état-major d'*Audace de l'Argent*. La triade a été relocalisée à Hong Kong, et certaines défections dans mes propres équipes m'ont donné à penser que beaucoup de collaborateurs de Chongqing étaient transférés à toute allure vers l'organisation ultrasecrète. En un temps réduit, celle-ci a pris une puissance inouïe, multipliant les prises de contrôle de firmes spécialisées dans la finance partout dans le monde. Nous pensons même qu'elle serait parvenue au passage à accomplir un autre exploit : absorber des anciennes triades majeures, la *Sun Yee On* et la *14K*. Les maîtres de la montagne, les chefs suprêmes, les têtes de dragon... » Il traduit en me jetant un coup d'œil.

J'entends plusieurs raclements de gorge dans mon oreillette. Il faut expliciter. Je m'en charge : les sociétés secrètes chinoises ont été le sujet de ma thèse de doctorat en sciences criminelles.

« Pardon, monsieur Wang, de devoir préciser des évidences pour vous. » Je parle à mon micro : « Les triades chinoises, synonymes de mafia aujourd'hui, existent en fait depuis le XVIIe siècle. La première triade est considérée comme ayant un fort contenu patriotique, puisqu'elle s'était constituée en opposition à la dynastie mandchoue des Qing ; elle était très liée aux fameux moines du monastère de Shaolin, connus pour avoir inventé et développé le kung-fu. »

Wang Lijun opine et ajoute :

« Dans les triades modernes, cette référence aux arts martiaux traditionnels chinois est toujours actuelle.

— La tradition l'est encore plus dans l'organisation des triades d'aujourd'hui, respectant à la lettre la répartition des rôles entre les officiers et l'état-major. En fait, il faut y voir une sorte de mélange entre notre franc-maçonnerie et l'administration militaire. Toujours est-il que le chef suprême d'une triade est appelé la *tête de dragon*, ou encore le *maître de la montagne*, selon que l'on veut insister sur son rôle guerrier ou sur ses attributions plus spirituelles. Mais je vous ai coupé, monsieur Wang, au moment où vous alliez parler des têtes de dragon de deux triades très connues, *Sun Yee On* et la *14K*, qui sont apparues au début du XXe siècle et aujourd'hui toutes deux basées à Hong Kong...

— En effet. J'allais vous dire que, selon certaines informations, les têtes de dragon de ces deux triades seraient devenues de simples *numéros 49* dans cette nouvelle triade hyperpuissante que serait *Audace de l'Argent*. »

Je commente sans cacher ma stupéfaction :

« Ce que vous dites là est incroyable ! Les numéros 49 sont les simples membres initiés d'une triade. De banals soldats de première classe, pas des membres du haut état-major, même pas des officiers ! Ce serait inouï que des personnages aussi importants aient accepté cette sorte de retour au bas de l'échelle – une véritable déchéance personnelle !

— Vous mesurez le message envoyé à toutes les organisations criminelles ? Il ne peut y avoir de meilleur exemple d'unification, et surtout d'allégeance, de soumission complète.

— Êtes-vous sûr de ce que vous avancez ? Ce serait un processus sans précédent historique, à ma connaissance.

— En ce genre d'affaire, personne n'est jamais sûr de rien. Mais il est certain qu'*Audace de l'Argent* dispose de réserves en énergie démentielles, qui lui permettraient de broyer les anciennes triades si les dragons le décidaient. Alors, entre se soumettre et disparaître, ils ont fait le choix de la raison, surtout que l'alliance aurait été monnayée à des prix fort convaincants.

— Quel rôle aurait Bo Xilai dans cet édifice ?

— Un rôle central. La triade s'est étendue d'un seul coup, en quelques mois. Il en a été l'un des principaux commanditaires. Ils nous ont pris de vitesse.

— Serait-il lui-même la nouvelle tête de dragon ?

— Non, enfin je ne le pense pas. Vous savez que le fonctionnement des triades a toujours été impénétrable. M. Bo est lui aussi un spécialiste en ce domaine, et *Audace de l'Argent* dispose des moyens de mettre en place les brouilleurs les plus hermétiques. Je doute que ceux qui l'ont appuyé aient pris le risque de centraliser le dispositif sur une tête unique, fût-elle aussi dure que celle de Bo Xilai. En revanche, dans la lutte pour le pouvoir politique au sommet de la Chine, il est devenu le chien dans le jeu de quilles. Quand vous imaginez qu'il était censé entrer au Politburo à la fin de l'année ! Vous vous rendez compte de l'incroyable infiltration, si nous n'avions percé à jour l'étendue du complot ? Cela étant, soyons clairs : il est encore très possible qu'il triomphe, lui ou ceux avec lesquels il est associé.

— Des gens qui ne seraient ni les *tuanpai* ni les *princelings* ?

— Ni les uns ni les autres, en effet. Tous vont devoir modifier leurs plans de fond en comble. La mainmise que les *tuanpai* voulaient exercer sur la finance mondiale supposera de composer ou de se battre avec la plus grande triade qu'ait jamais connue la Chine. Quant aux *princelings*, s'ils sont assurés que le clan ennemi ne sera pas doté de l'arme suprême, ils doivent compter désormais sur un adversaire supplémentaire, sans scrupule ni état d'âme. Les vrais gardiens de la révolution, du message du Grand Timonier, ne pourront s'autoriser la moindre de ces rivalités ravageuses dont ils sont coutumiers.

— Faut-il y voir l'essence même de votre démarche ? » demande Xu. Elle ne le quitte pas des yeux, le décortique, le dissèque.

« Oui. J'en détiens les preuves, de celles qui ne peuvent être réfutées. Elles sont destinées d'abord aux nôtres. En vous les confiant, je les diffuse dans une chambre d'écho. Ils devront les entendre, elles ne pourront se perdre. Vraiment, le temps presse... pour tout le monde. »

Il mène l'entretien à sa guise. Nous sommes suspendus à ses lèvres. Il me semble nécessaire de reprendre l'initiative.

« Pouvez-vous nous préciser, de manière vraiment claire, pour qui vous travaillez, monsieur Wang Lijun ? » J'utilise l'expression en sachant qu'elle va lui déplaire. J'ai un goût de sang dans la bouche, comme quand j'étais gamine et que je jouais au football américain avec les garçons. J'étais quarterback. Orienter le jeu, éviter les plaquages des gros qui ne me faisaient pas de cadeaux, défier la Terre entière.

Je voudrais lui mettre un uppercut à la pointe du menton, je voudrais ébouriffer sa coiffure impeccable.

« Vous voulez savoir qui appuie ma démarche présente ? C'est cela ? » Il doit se méfier de mon chinois ; il préfère les questions de Xu, au moins il est sûr des mots employés.

« Oui, je voudrais savoir qui vous a demandé de venir nous trouver et de nous raconter tout cela. M. Zeng Qinhong ? Le président Jiang Zemin ?

— Ni l'un ni l'autre. Personne. J'ai pris cette initiative parce que c'était la seule manière d'éviter le piège que m'avait tendu Bo Xilai. Mais je vous l'ai dit : nous sommes engagés dans une course de vitesse. J'ai pris une avance infime, mais il peut me rattraper dans les instants qui viennent.

— Ah bon ? Eh bien moi, je voudrais tout de même que vous preniez le temps, quelques minutes pas davantage, de nous expliquer comment les choses ont pu se précipiter à ce point, comment vous avez pu prendre une décision d'une telle importance, une décision, comme le signalait mon adjointe Wei Xu, en rupture totale avec votre code de l'honneur. »

Un silence s'écoule. Quelques secondes, en fait, qui paraissent interminables. Cet homme-là est violent, d'une violence inouïe. J'en ai la certitude. Il est aussi un monstre de contrôle sur lui-même. Il essuie ses lunettes. Quand il reprend, le ton de sa voix a changé – trois fois rien... trois fois rien qui font tout.

« Vous avez raison : je dois vous raconter. Il est important que vous sachiez. Voilà, il y a dix jours, j'ai demandé à Bo Xilai de me recevoir en tête à tête. Je lui ai dit que c'était urgentissime. Il me connaît depuis si longtemps qu'il sait que je ne formule pas de telles requêtes à la légère.

— Donc il accepte.

— Oui. Il me dit de venir en fin de journée, nous serons tranquilles, les bureaux seront vides. Nous avons maintes fois eu de ces conversations entre chien et loup, à l'époque où nous préparions des opérations coup de poing contre les triades classiques, où nous jouions notre peau tout de même. Ces moments étranges de calme avant l'action, où les paroles se libèrent, où la sincérité est totale. L'autre soir, quand il m'accueille, il fait référence à ce temps-là. Il est tout sauf un sentimental, or je sens qu'il est tendu, ce qui ne lui ressemble pas. Je devine qu'il redoute ce dont je vais lui parler. Vous savez, en pareilles circonstances, quand vous avez la certitude que votre avenir va basculer d'une manière ou d'une autre, votre cerveau fonctionne en accéléré, votre raisonnement s'aiguise comme une lame de rasoir. En un quart de seconde, j'ai l'intuition qu'il est au courant de mes enquêtes, qu'il n'est pas étranger aux attaques dont nous sommes victimes, mes hommes et moi, depuis quelques semaines. En un quart de seconde, je prends conscience que je me suis jeté dans la gueule du loup. Et, plus extraordinaire encore, je pressens qu'il a compris que j'ai compris. Nous lisons chacun dans l'esprit de l'autre à livre ouvert.

— C'est à ce moment que vous avez senti qu'il voulait vous liquider ? »

Il rassemble ses mains devant sa bouche, attend un peu. Il ne me regarde pas.

« Dans des affaires aussi complexes, une méprise peut avoir des conséquences dramatiques. Quand je suis entré dans son bureau, je cherchais plusieurs confirmations. Je les ai toutes obtenues, sans exception, y compris celle-ci : en lui laissant entendre à quelle profondeur m'avaient conduit mes investigations, je signais mon arrêt de mort.

— En définitive, il vous avait mésestimé. Vous étiez en train de lui prouver que vous pouviez encore être acteur central dans le déroulement de ses projets. Un acteur négatif, mais un acteur majeur.

— Oui, votre expression est très juste. Il ne s'y attendait pas. En un sens, il m'avait oublié. Il était stupéfait de constater que je détenais un tel pouvoir de nuisance concernant ses plans à court et moyen terme. Je n'ai pas eu besoin de faire un long étalage des renseignements en ma possession. Trois ou quatre points ont suffi. Il s'est mis en colère, sans doute contre lui plus que contre moi.

— Il a haussé le ton ?

— Pire. Quand j'ai évoqué le rôle de sa femme et que j'ai prononcé les mots *Audace de l'Argent*, il a sauté sur ses pieds et s'est précipité vers moi.

— Vous avez pensé qu'il pouvait vous agresser ?

— Non, je ne crois pas... J'imagine qu'il brûlait d'envie de m'arracher les yeux. En revanche, je ne m'attendais pas à ce qu'il me balance deux soufflets en pleine figure. Il m'a giflé comme il s'en serait pris à un domestique, à un vil subalterne. Mes lunettes ont volé à trois mètres. Il a hurlé : "Si tu oses te mettre en travers de mon chemin, non seulement je te briserai, mais tous les tiens regretteront d'être nés."

— Qu'avez-vous fait ?

— Je n'ai plus prononcé un seul mot. Je me suis baissé pour ramasser mes lunettes. Je lui tournais le dos : s'il l'avait voulu, à ce moment-là, il aurait pu m'assommer, me briser la nuque. C'était à lui de voir jusqu'où il était prêt à aller, je lui laissais le choix – une sorte d'apurement de mes dettes envers lui.

— Et il n'a pas bougé.

— Sa respiration était bruyante, il avait cet air de tueur que je connais si bien chez lui. S'il ne m'a pas liquidé sur place, c'est, je suppose, parce qu'il préférait éviter les difficultés que poserait un cadavre dans son propre bureau. Tout le monde fait des erreurs à un moment ou à un autre. Pour lui, celle-ci a été sans doute la plus grave.

— Vous êtes sorti ?

— Oui, je suis rentré chez moi. J'étais soudain dans une grande paix intérieure. Je savais ce qu'il me restait à faire. J'y parviendrais si tel était mon destin.

— Et vous êtes venu ici.

— Oui, mais pas tout de suite. Ce n'était pas si simple. »

Je le regarde et je songe aux multiples photographies de lui publiées dans la presse depuis des années, en particulier celles où il pose en grand uniforme de chef de la police, les décorations pendantes, l'air calme et résolu. Le frapper comme un valet : il ne doit pas y avoir pire humiliation pour lui.

« Il ne s'est rien passé avant votre… comment la qualifier ?… votre évasion de ce matin ?

— Si : j'avais donné un grand coup de pied dans le nid de frelons. La semaine dernière, pendant la journée, ses émissaires sont venus négocier avec moi. Et pas n'importe qui, je vous prie de le croire.

— Des gens importants ?

— Trois personnes très remarquables, sans doute impliquées au plus haut niveau dans *Audace de l'Argent*. Au jeu d'échecs, ce serait la tour, le fou et le cavalier. Trois hommes clés dans le dispositif de Bo Xilai.

— Qui étaient-ce ?

— Yu Junshi, Ma Biao et Xu Ming. »

Xu écarquille les yeux.

« Xu Ming, le milliardaire ? Vous étiez avec Xu Ming il y a moins d'une semaine ?

— Lui-même. Du reste, je pense que vous pouvez le vérifier.

— Mais il est quelque chose comme la dixième fortune de Chine, non ?

— La huitième, pour être précis. »

Xu se tourne vers moi :

« C'est l'un des hommes de moins de quarante ans ayant eu la plus fulgurante progression au monde ! Il a connu Bo Xilai dans la ville de Dalian, c'est bien cela ?

— Oui, quand Bo Xilai y était maire et qu'il préparait sa propre ascension. Il s'était appuyé sur ce jeune homme très doué, et dénué du moindre scrupule. Amasser autant d'argent si vite requiert plus que du talent – un véritable génie. Bo Xilai l'admirait et savait qu'il pouvait compter sur sa fidélité sans faille. Xu Ming était son âme damnée, il n'avait pas oublié à qui il devait sa bonne fortune. Je l'ai constaté la semaine dernière. Pendant deux jours, il a déployé toute son énergie, toute son intelligence pour identifier quelle menace je pouvais représenter, et aussi pour tenter de me faire revenir à la raison. Enfin, non, cette tâche-là, c'était plutôt le travail de Yu Junshi, ils s'étaient bien réparti les rôles.

— Qui est ce Yu Junshi ? »

Même Xu ne le connaît pas.

« Yu Junshi est un ancien chef des services secrets chinois, il est "celui qui sait tout". C'est lui, à l'époque de Dalian, qui m'a présenté à Bo Xilai. Il m'avait repéré. Il m'a tout appris du métier, y compris ses aspects les moins... avouables, et les plus efficaces. Il m'a sauvé la vie deux fois, et moi, au moins une. Il y a quelque chose de fort entre nous, un lien particulier.

— Une sorte de père spirituel ? »

Wang Lijun paraît trouver l'idée très drôle. Il se retient pour ne pas éclater de rire et recoiffe une mèche pourtant impeccable. Il retrouve vite son calme.

« Mais non, mademoiselle. » Il s'adresse à Xu. « Dans les carrières qui sont les nôtres, un père spirituel est inconcevable ; il ne peut jamais – jamais, vous m'entendez – se développer le moindre sentiment d'affection ou de sollicitude. Tout doit être commandé par la raison et par le cerveau. » Il se tape le crâne de l'index et regarde Xu avec tant d'insistance qu'elle en paraît mal à l'aise.

J'enchaîne :

« Et qui était le troisième émissaire, ce Ma Biao ?

— Un autre businessman, un des membres du premier cercle de Bo Xilai. Je ne l'aime pas beaucoup, c'est un homme obèse, spécialisé dans la finance. Vous avez dû le croiser, il avoisine les cent kilos. Il a assisté à nos discussions, mais il n'a presque pas parlé. Il a fait quelques allusions à un possible prix de mon retour à la raison. Il n'a pas insisté, sachant que je ne mange pas de ce pain-là. Comme Xu Ming, il a d'habitude un emploi du temps de folie : il est sans arrêt entre deux avions, écumant les marchés boursiers un peu partout dans le monde. Pendant deux jours, il est resté fourré chez moi à siroter du thé et à se goinfrer de pâtisseries. Cette mobilisation extraordinaire m'a permis de bien mesurer l'enjeu que représentait pour eux une réconciliation amiable.

— Et vous n'avez rien voulu entendre.

— La vérité leur est apparue : la colère n'est en rien à l'origine de ma détermination. Un homme tel que moi peut passer sur tout, y compris sur des attitudes aussi inqualifiables que celles de Bo Xilai à mon égard, si des intérêts supérieurs sont en jeu. Or ce pour quoi je le hais désormais, c'est justement qu'il nous a tous abusés, nous qui pensions partager avec lui la croyance dans l'idéal de notre glorieuse révolution. »

Curieux comme son ton devient mécanique quand il débite les formules officielles... Disons que sa fibre profonde ne vibre pas sur les grands enjeux d'idéologie. Ce dont il a besoin, c'est un cadre strict, auquel il se tient. Point. Il y en a qui sont payés pour penser, lui est payé pour agir, et ça, il sait faire. Il me jette un coup d'œil, constate que je l'observe. Il se tait, c'est à moi de relancer.

« Vous savez ce qu'ils ont fait ensuite, ce qu'ils font en ce moment ?

— Oui. » Il a une mimique de satisfaction, une minuscule contraction des joues. « Mes relais m'ont averti qu'après l'échec de nos discussions, ils se sont rendus chez Bo Xilai. Leur réunion a duré plusieurs heures. Après quoi, les événements se sont accélérés. Juste avant d'être retrouvé le crâne défoncé dans un petit bois près de chez lui, il y a deux jours, un de mes informaticiens a pu identifier avec certitude des retraits de plusieurs centaines de millions de dollars effectués à partir des comptes de Ma Biao.

— Vous pensez qu'il a été assassiné ?

— Mon assistant ? Bien sûr, ça ne fait aucun doute. C'est très malheureux car c'était un officier de premier ordre. »

On sent bien que c'est surtout la perte d'une grande compétence qui l'affecte. Il reprend.

« Ensuite, il y a quatre jours, mes trois visiteurs se sont embarqués dans un des jets personnels de Xu Ming. Ils ont chargé à bord de grosses malles pleines de billets et sont partis pour l'Australie.

— Pour l'Australie, vous êtes sûr ?

— Oui, après une escale à Hong Kong. Si vos propres services ont envie d'approfondir les informations que je suis en train de vous livrer, je ne saurais assez vous conseiller de pister cet avion-là. Il se passe des choses étranges en Australie, depuis plusieurs années. En tout cas, si vous ressentez le besoin de préciser les ramifications concrètes d'*Audace de l'Argent*, creusez autour des destinations du jet de M. Xu. Et ne vous contentez pas des seuls émigrés chinois. Les Anglo-Saxons qui les ont accueillis pourraient vous livrer de très intéressantes confidences, pourvu que vous sachiez les cuisiner. Mais, sur ce sujet, je vous fais confiance.

— Vous avez bien dit "cuisiner" ? » Je me tourne vers Xu ; elle opine en serrant les lèvres. Cet homme est un monstre – un monstre glacé.

« J'ai bien dit "cuisiner". Abandonnez vos préventions ridicules si vous voulez pénétrer les mécanismes gigantesques dans lesquels je tente de vous introduire. Il est effectivement question de l'un des plus grands complots de l'Histoire. Tenez, si vous décidez, vous et votre gouvernement, de ne pas en rester à l'écume des choses, entendez ce que je vais vous suggérer : cet avion étrange, en toute logique, ne devrait plus quitter l'Australie. Ces trois hommes savent, mieux que quiconque, que leur seule protection dans le champ de mines que va devenir la Chine jusqu'au XVIIIe Congrès, leur seul bouclier sera ce paratonnerre qu'est Bo Xilai. S'ils ont tant insisté auprès de moi, s'ils ont entamé ce périple en urgence, c'est qu'ils redoutent que l'effondrement ne soit proche. Vous êtes d'accord avec cette interprétation ?

— Admettons, et alors ?

— Eh bien, si nous nous en tenons à la surface des choses, ils ne devraient surtout pas remettre les pieds en Chine avant longtemps, en tout cas pas avant que la menace ait disparu.

— Oui, c'est l'évidence.
— Donc soyez attentifs. Si l'avion revient en Chine dans les prochains jours, s'ils retournent au cœur du cratère, c'est qu'il y aura une raison, une autre logique, une réalité différente de l'apparence... »

Le téléphone sonne encore dans la pièce. Dans mon oreillette, les auditeurs me demandent de répondre.

« Madame le consul, il faudrait venir sans attendre. »

À nouveau je dois m'excuser, exiger de Xu qu'elle me suive.

« Je vous en prie, nourrissez-vous un peu. Notre conversation, je le sens, va se prolonger. »

En sortant de la salle, le tumulte nous assaille. Le major en charge de la sécurité du consulat m'attend.

« Madame, il semble que notre visiteur ait déclenché auprès des autorités chinoises une réaction extraordinaire... »

Le vice-colonel qui avait conduit M. Wang au consulat avait attendu près d'une heure et demie. Nos hommes en faction rapportèrent qu'il était venu les voir à deux reprises. Il avait d'abord demandé s'il existait une autre sortie du consulat. La seconde fois, sa pâleur les avait frappés. Il avait voulu faire passer un message à son ami Wang Lijun, avait-il précisé. On lui avait répondu que c'était impossible, que madame le consul était en entretien spécial avec M. Wang. Il avait insisté, commencé à s'énerver, puis, constatant qu'il n'obtenait aucune réponse satisfaisante, il était reparti dans sa voiture, « en tempêtant, faisant de grands gestes et criant tout seul », ainsi qu'il fut consigné dans le procès-verbal de surveillance. Il était ressorti du véhicule une troisième fois, sans sa casquette, y était resté appuyé à regarder la façade du bâtiment. Il téléphonait et paraissait toujours aussi agité. Deux hommes avec lui étaient au garde-à-vous. Puis ils étaient remontés et la voiture avait démarré en trombe.

Comme le supposait M. Wang, il avait donné l'alerte.

Quatre véhicules de l'armée venaient d'arriver. Une quinzaine de soldats en étaient sortis et trois officiers avaient voulu entrer dans le bâtiment. Les gardes avaient refusé. Le ton, de nouveau, avait monté. Nos hommes, sentant la tension palpable, avaient préféré déclencher l'alarme et se replier. Les portes avaient été barricadées et l'on m'avait appelée.

Nous faisons le point avec les différentes équipes en vidéoconférence.

« Peter, mon consul préféré, qu'en penses-tu ? » Je tente de détendre l'atmosphère, mais le moins que l'on puisse dire est que l'ambiance n'est pas à la légèreté.

« Ann, en vingt-cinq ans de carrière, c'est la première fois que je vois les Chinois réagir de la sorte. L'affaire est gravissime, et nous avons leur vice-président qui débarque à DC dans une poignée d'heures.

— Je n'aime pas cela du tout. » Le général du Pentagone, toujours assis, a les sourcils froncés. « Il faut avertir la Maison Blanche. Il s'agit d'un incident frontalier, ils savent quel est le statut d'un consulat.

— Ann, tu mets le bâtiment et le personnel américain en disposition d'hostilité maximale. Fais barricader les issues. À Pékin, vous faites remonter en urgence une demande d'éclaircissement au Premier ministre. »

Le Pentagone reprend la parole :

« Nous nous mettons en alerte satellitaire de niveau 4. Nous vérifions quels sont les porte-avions sur zone, et nous étudions d'ici deux heures la possibilité d'une opération si nécessaire. »

Le niveau maximal est 7 ; il est réservé à une attaque nucléaire imminente. Je sens un frisson glacé me parcourir. Je demande :

« Que dois-je faire pour les familles du personnel du consulat ? »

La question est épineuse ; l'escalade n'est pas dans notre intérêt. Bref échange de commentaires et d'avis divergents. Le chef de cabinet de la secrétaire d'État, qui avait disparu du champ des caméras, réapparaît.

« Ne nous précipitons pas dans la riposte. Vous allez négocier avec ces militaires l'évacuation de notre personnel chinois. Ils vont voir que nous ne sommes pas prêts à nous laisser intimider. Cela étant, pour le moment, les familles restent à leur domicile. Gary ? » Il s'adresse à l'ambassade. « Commencez à faire passer l'ordre de confinement pour les personnels de toutes les antennes américaines en territoire chinois. Et préparez le plan de concentration dans tous les consulats et à l'ambassade.

— Vous vous rendez compte que cela représente des milliers de personnes ?

— Non seulement je m'en rends compte, mais je veux que la logistique de l'opération soit coordonnée afin de les prendre par surprise, si nous allions à l'incident grave. La priorité est, bien sûr, de mettre à couvert l'établissement de Chengdu. Ann, quelle heure est-il chez vous ?

— 22 heures.

— Commencez par évacuer tous les Chinois, et dites-nous ce qu'il en est. »

Xu m'accompagne. Nous faisons appeler l'officier commandant nos assiégeants. « Votre attitude est en train de provoquer un incident diplomatique très sérieux. Je dois vous aviser que notre gouvernement aux États-Unis a été mis au courant de votre action inqualifiable et que notre ambassade à Pékin, à l'heure qu'il est, en réfère à votre Premier ministre. »

Le type serre les maxillaires. Ce n'est pas un sous-fifre, il devait savoir à quoi s'en tenir. J'enfonce le clou.

« Nous souhaitons évacuer l'ensemble du personnel chinois qui travaille dans nos locaux. Nous vous demandons de les laisser sortir.

— J'en réfère à mes supérieurs, attendez un instant. »

Je fais la même chose : par mon portable, je reprends la conférence téléphonique. « Ils nous mettent une pression folle en toute connaissance de cause.

— C'est à peine croyable. On se croirait en Iran au moment de la révolution de 1979 !

— Attendez, ils acceptent. »

En quelques minutes, le rassemblement est effectué. Je suis frappé par la manière dont nos employés nous regardent. Ils sont encore plus sidérés que nous. Je ressens cela comme une douleur, une forme de honte.

La vérité est que, d'une certaine façon, nous acceptons de nous soumettre. La ressemblance n'est pas à établir avec Téhéran, mais plutôt avec Saïgon.

La vérité est qu'un consulat des États-Unis d'Amérique est assiégé par la deuxième puissance du monde.

La vérité est que la deuxième puissance du monde détient peut-être la capacité de faire vaciller la première.

« Il semble que les vôtres soient prêts à tout pour vous récupérer. »

Les ordres ont été donnés, le calfeutrage du consulat est géré par l'ambassade à Pékin. Nous avons décidé que le plus urgent est de poursuivre l'interrogatoire et de fouiller de fond en comble les disques durs. À Washington, on nous a confirmé que le contenu des premiers documents est exceptionnel. « De quoi faire sauter beaucoup de gens haut placés – et pas seulement en Chine, figurez-vous. »

Il a été convenu d'abandonner le principe de l'oreillette. L'écran de la cellule a été allumé de manière que chacun puisse intervenir, le cas échéant. Les différents protagonistes se présentent ; dans les trois autres lieux filmés sont apparus des interprètes. À l'énoncé des responsabilités de chacun, M. Wang opine à la chinoise, sans paraître plus impressionné que cela. En revanche, il semble préoccupé par la tournure que les événements ont prise à l'extérieur.

« J'ai tant de choses dans mon sac, je crains une opération armée.

— Voyons, vous n'y pensez pas ! s'exclame le chef de cabinet. À l'encontre d'une représentation américaine ! Ce serait un acte de guerre, ni plus ni moins !

— Vous mesurez mal l'importance des forces armées dans notre régime. Celles-ci sont concernées par l'ensemble de mes révélations, vous le constaterez. Surtout, l'armée est la gardienne de l'identité chinoise, de notre unité, de la réputation de nos plus hauts dirigeants. Dieu merci, la plupart des très hauts officiers ne peuvent imaginer le dixième de ce que je pourrais vous révéler. »

Xu intervient en levant la main. Je jurerais qu'elle accentue son accent – non, plutôt qu'elle perd son accent américain en parlant chinois.

« Monsieur Wang, ne croyez-vous pas que ce pourrait être l'inverse, que nous n'ayons encore plus à redouter des militaires ? »

Je lui demande de préciser :

« C'est-à-dire, Xu ? »

Il ne la laisse pas répondre.

« Elle a raison. Certes, les services secrets, la police, la police secrète du Parti pourraient surestimer l'étendue de ce que je peux vous révéler. Mais, en réalité, ceux que nous devons craindre sont ces militaires qui ont accompagné M. Bo depuis ses débuts ; une grande partie des forces armées est fidèle d'abord à la mémoire du père de Bo Xilai, Bo Yibo, le grand héros de notre histoire.

— Stop, je m'y perds. Il faudrait nous expliquer en quoi consistent ces différents pouvoirs au sein de l'armée. Nous pourrions en avoir besoin très vite, s'il nous faut négocier. Offrez-nous les moyens de ne pas perdre de temps et d'aller droit au but.

— Je vous l'ai dit, l'horloge tourne. Figurez-vous que beaucoup des dignitaires de l'armée sont alertés depuis la semaine dernière de la rupture survenue entre Bo Xilai et moi, ainsi que du fait que je suis devenu incontrôlable. Et parmi ces militaires se trouvent ceux qui sont en charge des développements les plus secrets, les plus redoutables pour la paix dans le monde. Croyez-moi, les forces qui ont commencé à bouger sont tout sauf insignifiantes. Nous sommes face à du lourd, du très, très lourd.

— À propos, nous avons suivi vos conseils. Nos services tentent de retrouver la trace de l'avion du milliardaire Xu Ming. Il est bien en Australie, mais je crois que les informations sont très difficiles à obtenir.

— Je vous avais prévenue. Comme eux, les haut gradés tentent en ce moment de sortir d'énormes montants d'argent de Chine. La triade redéploie ses forces vives. Suivez tout cela, suivez-le de très près. »

Xu lève la main, comme pour demander la parole. Il s'interrompt. Elle étend les jambes, lui sourit. Elle lui adresse encore quelques mots en mongol.

« Que venez-vous de vous dire ?

— Qu'il serait nécessaire de revenir un peu plus à Falun Gong. »

Wang la toise. Il secoue la tête, sourit lui aussi – à cette différence près que sa grimace est glaçante. Xu a du cran, et elle maîtrise les dossiers mieux que nous tous. Elle pourrait avoir une chaire à Harvard si elle le voulait.

« En effet, il faut sans doute reparler de Falun Gong ou, pour être plus précis, du moment de la création du 610. »

À Washington, nouveaux raclements de gorge : « Le 610 ? Vous pouvez préciser, s'il vous plaît ? »

Xu se charge de nous éclairer. Elle poursuit en chinois afin de permettre à Wang d'écouter et de corriger en cas de besoin.

« 610 est le numéro d'un bureau de la sécurité, qui est devenu par extension l'appellation du membre du Politburo ayant cette charge. En tant que 610, il est le personnage le plus puissant de l'État chinois avec le président et le Premier ministre. Peut-être même est-il le plus puissant de tous. Il a la main sur l'ensemble des forces de sécurité, intérieures et extérieures. Tous les officiers doivent lui obéir si nécessaire, y compris les chefs d'état-major. Le 610 peut donner ses instructions à la justice, à l'administration centrale et à celle des régions ; il peut réquisitionner les entreprises privées, les réseaux de télécommunications, les Affaires étrangères, le ministère de l'Énergie ou du Travail. Et, bien sûr, il est le seul à la tête des services secrets, comme du contre-espionnage. Le 610 peut solliciter la force nucléaire s'il le désire ; il est de fait, en cas de besoin, l'homme ayant accès à tous les leviers. S'il le voulait, il pourrait déposer le président. »

Je me souviens du sombre avertissement lancé au début de notre conversation. « Pour accomplir un coup d'État ?

— S'il décidait d'utiliser les moyens à sa disposition, l'expression même de coup d'État ne conviendrait pas. Le 610 peut, s'il le faut, confisquer le pouvoir suprême. Il peut se rendre maître du pays tout entier sans que quiconque puisse lui résister.

— Pour autant que ses ordres soient respectés... »

Wang Lijun a parlé en souriant. Il se frotte le menton.

« Oui, pour autant que les hommes censés se mettre à son service obéissent. C'est ce que vous sous-entendiez ?

— Notre édifice fonctionne sur une rationalité précise mais fragile. Le 610 doit disposer de la force la plus grande, car il doit combattre la subversion en provenance des ennemis de l'État les plus redoutables.

— Comme les triades ?

— Par exemple. Mais certaines personnes pourraient ne pas avoir intérêt à lui laisser cette capacité pourtant voulue par les plus respectables de nos anciens.

— Certaines personnes... M. Bo ?

— Sans doute. Cependant, ne vous focalisez pas seulement sur Bo Xilai...

— Vous pensez à des personnes encore plus haut placées ?

— Cela se pourrait...

— Parmi ces personnes, pourrait-il y avoir le président en exercice de la République populaire de Chine ? Un président qui va perdre son titre à la fin de l'année ?

— C'est vous qui le dites... »

« Le 610 actuel, Zhou Yongkang, est seulement le troisième à porter ce dénominatif. Il a succédé à Luo Gan, puis à Li Lanqing. Comme ses prédécesseurs, il est sous la totale influence de l'ancien président Jiang Zemin et de son conseiller, Zeng Qinhong. Mais M. Wang est la personne la plus à même de nous expliquer cette création. » Xu ne sourit pas ; elle regarde Wang avec cette intensité qui ne la quitte pas depuis le début de l'entretien. Il ne cille pas.

« Oui, je peux vous rappeler le lien avec Falun Gong. Je dois aussi vous redire que je ne suis au départ qu'un pion minuscule. Je n'ai participé à cette aventure gigantesque que par la seule volonté de celui qui m'a fait grimper un à un tous les échelons : Bo Xilai.

— Celui-là même que vous dénoncez.

— Je l'assume, je le répète. Bo a apprécié chez moi l'absence de toute réserve morale dès lors que l'intérêt supérieur de la nation était en jeu. Cela ressemblait à son propre caractère, la raison pour laquelle le président Jiang Zemin lui faisait une confiance totale.

— Nous parlons bien de l'époque d'avant 2002, avant l'arrivée au pouvoir de Hu Jintao ?

— En effet, avant la montée en puissance des *tuanpai*. À la fin des années 1990, avec la prospérité économique, le couvercle sur la marmite avait tendance à se soulever. Les idéaux révolutionnaires étaient mis à mal par un matérialisme immodéré et par de pseudo-références spirituelles. La progression foudroyante des idées du Falun Gong dans la population fut considérée par Jiang Zemin comme l'un des pires dangers pour la Chine et son unité. Mademoiselle... » Il se tourne vers Xu. « ... je crois toujours qu'il avait raison, et les faits, cette crise mondiale et ses conséquences terrifiantes, nous ont renforcés dans cette conviction.

— Au point d'aller jusqu'aux plus abominables tortures ?

— J'en ai administré moi-même. J'ai apporté des vidéos, dont j'assumerai les conséquences vis-à-vis des générations futures – y compris les plus insoutenables. »

J'ai du mal à prendre le recul nécessaire. Est-il un exalté, un criminel ou un haut fonctionnaire respectant une discipline de fer ?

« L'une des raisons pour lesquelles je défends nos actions est la corruption, la plus funeste, celle que j'évoquais tout à l'heure, la corruption pour le compte d'une organisation ou d'un idéal malfaisants. Oui, les proportions prises par Falun Gong étaient telles que le président Jiang a imposé des mesures extraordinaires, qui ont permis ensuite à la structure du Parti de se maintenir, y compris dans la décennie noire que nous venons de vivre.

— À quoi faites-vous allusion ? »

Au Pentagone, on réagit, on s'impatiente : « Avons-nous le temps de disserter trop longtemps à ce sujet ? »

C'est Wang Lijun lui-même qui rétorque : « Oui, c'est indispensable pour comprendre la teneur des éléments que je vais vous livrer, en particulier ces vidéos que je sais d'une épouvantable cruauté. C'est pourquoi je souhaitais dès le départ qu'une trace de mes paroles soit conservée. C'est aussi pourquoi je ne peux pas vous confier sans explication de tels secrets.

— Faites, vite !

— Bien. Le président Jiang Zemin a décidé la création du 610 en 1999. Le responsable du 610 serait désormais l'un des neuf membres du Politburo. Comme nous l'avons évoqué, les pouvoirs du 610 sont illimités, aussi bien dans le domaine de la police que de l'armée. Au sommet de la pyramide 610, vous avez l'un des neuf sages ; en dessous, vous trouvez une multitude de seconds et de soldats.

— Comme dans une triade. » Je me fais cette remarque à voix haute. Même l'usage de la numérotation pour désigner le plus haut responsable est troublant.

« Vous n'avez pas tort. Les sociétés secrètes doivent être combattues par des organisations de même nature.

— Jusqu'au moment où se constitue dans ce processus de lutte un nouvel organisme, plus puissant et plus dangereux que tous les autres.

— Vous avez raison, et c'est ce qui se produit avec *Audace de l'Argent*. Revenons cependant à ces débuts du 610. Par ce truchement, le président Jiang avait mis en place un réseau alternatif au pouvoir traditionnel. Un réseau aux ramifications fortes à la tête de l'armée et de la police, un réseau que le changement de pouvoir en 2002 ne modifia en aucune sorte. Si je devais résumer pour que vous compreniez bien, le 610 a été la manière dont Jiang Zemin a conservé le contrôle quasi total sur les institutions chinoises, la façon dont il a fait sentir son gant de fer sur la nuque de son successeur, Hu Jintao – y compris par les moyens les plus violents, puisque lorsque se sont produites des tentatives d'attentat contre ce dernier, les circonstances mettaient toujours en cause, de près ou de loin, des membres du 610, et que les responsables potentiels ont toujours été protégés, à quelques exceptions près.

— Exceptions ?

— Oui. Il y a eu, notamment après le 23 avril 2006, certaines morts inexpliquées chez les plus prestigieux officiers de la marine.

— Selon vous, un attentat s'est produit ce jour-là ?

— Bien sûr. Seuls les Occidentaux, obnubilés par leur nombril, n'ont pas compris ce qui se tramait en Chine à l'époque. Tout comme aujourd'hui : vos yeux et vos oreilles sont encrassés par l'argent et vos certitudes... »

« C'est à cette époque glorieuse, celle de nos premiers succès contre Falun Gong, que M. Bo s'est mis à vraiment apprécier mes services. Les méthodes que j'ai développées à cette période ont été reprises et réutilisées plus tard dans notre lutte contre les triades.

— Ces méthodes impliquaient des tortures, n'est-ce pas ?

— La lutte était proportionnelle au développement de la secte dans la population chinoise. En quelques années, on a recensé des dizaines de millions d'adeptes – presque cent millions. L'idéologie rampante véhiculée par leur petit livre jaune tendait à remplacer de façon insidieuse les principes de la révolution. Alors oui, je l'admets, nous avons dû réagir de la manière la plus énergique. Je vous propose, si vous le voulez, de visionner certains des fichiers contenus dans le disque dur numéro 2. »

Il reprend la mallette de cuir et en sort un autre boîtier, similaire au précédent.

« Je préfère néanmoins vous renouveler mon avertissement : ce que ces films contiennent, ce sont des opérations de guerre – une guerre intérieure, secrète, mais une guerre quand même. Je vous conseille donc de les confier à des spécialistes militaires.

— Je suis prête à les visionner, en ce qui me concerne. »

Xu est plus pâle. Sa détermination est farouche. Elle sait pourquoi elle est là, elle assume, m'adressant à nouveau un de ces regards que je ne lui connaissais pas. Quant à moi, j'en ai certes vu d'autres, mais je me méfie de ma propre résistance mentale à certaines images.

« Dans la situation d'urgence qui est la nôtre, vous pensez que le visionnage immédiat est indispensable ?

— Non, je ne veux pas vous présenter la totalité des documents : il y en a des heures et des heures. Vous pourrez les exploiter plus tard. Je souhaitais seulement vous montrer quelques passages illustrant l'intérêt de ces enregistrements. »

Un technicien est appelé pour brancher le disque dur. M. Wang donne les codes pour accéder à plusieurs dossiers. Il peut les commander à distance par un petit boîtier.

Le premier fichier est une vidéo. L'intitulé est un numéro, avec la mention « Classé, top secret, niveau écarlate ». Wang précise : « Le niveau écarlate est réservé à des informations ultrasensibles, susceptibles d'avoir une influence sur le fonctionnement même de l'État ou du Parti. Ce film a été réalisé quand j'étais directeur de la sécurité de la ville de Tieling, dans la province de Liaoning, dirigée par Bo Xilai. »

Les images sont prises dans une salle d'opération. Toutes les personnes portent la tenue médicale classique de bloc opératoire, à l'exception notable de masques et de charlottes stériles. Les prises de vues sont assurées par plusieurs caméras, disposées en différents endroits de la pièce. Un corps est étendu sur la table, sanglé. Un zoom sur le visage du « patient » – les guillemets, nous allons le constater, s'imposent – montre qu'il n'est pas endormi. C'est un homme, un Chinois, d'une quarantaine d'années environ, allongé sur le ventre. Il est bâillonné, ses pupilles roulent de droite à gauche, en proie à une panique totale. La même caméra tourne à 180 degrés. Elle révèle alors un troisième groupe de personnes. Une petite dizaine, ligotées, bâillonnées elles aussi, sur des fauteuils spéciaux. Ce sont les spectateurs. Deux ou trois plans serrés sur leurs visages disent le même effroi terrifié dans leurs yeux.

Je déglutis avec peine. Je constate qu'à Washington mes collègues sont très pâles eux aussi.

La vidéo poursuit son lent tour de salle. Dans l'assemblée des gens libres, ceux qui sont vêtus de blouses, se crée une sorte de ligne, en face des fauteuils de prisonniers. Ceux-là – une dizaine d'hommes et deux femmes – ne seront pas acteurs de ce qui va se passer. Ils ont les mains dans le dos ou les bras croisés. Leurs lèvres sont serrées, certaines narines frémissent, quelques-uns paraissent au bord de la nausée.

La caméra les détaille un à un.

Nous reconnaissons tous les visages. Ce sont parmi les plus hauts dignitaires actuels de l'État chinois. Chacun des personnages nous fait sursauter. Lorsque apparaît le dernier, à Washington quelqu'un pousse un juron – je crois que c'est le chef de cabinet. Il est difficile de monter plus haut dans les sphères du pouvoir en Chine.

En fait, il s'agissait de les prendre en otages, de les rendre complices. Les visages impavides de MM. Bo Xilai et Wang Lijun apparaissent en gros plan. Bo est le bourreau en chef, celui qui commande et supervise l'ensemble. Wang l'assiste avec une efficacité glacée ; il donne les ordres aux cameramen autant qu'aux médecins.

Je ne peux décrire l'opération qui se déroule ensuite. Pour le dire vite, il s'agit du prélèvement de plusieurs organes, dont un rein et les deux testicules, entre autres, sans anesthésie.

La victime perd connaissance assez tard, comme le montre un gros plan.

Le document est épouvantable. Je me souviens des sentiments exprimés par les enquêteurs au procès de Nuremberg quand furent diffusées les images de la libération des camps de la mort et, pire encore, celles qui pourraient s'assimiler aux nôtres : les films tournés par des SS sadiques et complaisants.

Dans la salle d'opération, parmi les officiels obligés de regarder, plusieurs vomissent dans des poches de papier comparables à celles mises à la disposition des passagers dans les avions. Deux ou trois s'assoient ; tous s'épongent le visage. Pour les téléspectateurs, il en est de même à Washington et à Pékin.

Xu et moi tenons le coup. Wang Lijun nous surveille du coin de l'œil, je suppose que nous y gagnons un peu de son estime.

« Il n'est pas utile de vous montrer toutes les vidéos. Il y en a des quantités, elles ont toutes été tournées entre 1999 et 2003. J'ai supervisé en personne la quasi-totalité de ces opérations. L'ensemble du haut personnel politique a été convié, avec vigueur, à y participer. Il s'agissait d'une volonté expresse du président Jiang Zemin avant la passation de témoin, une sorte de gage donné aux autorités du Parti en réponse à l'honneur d'être appelé à commander notre puissante nation.

— Ce sont des atrocités qui vous vaudront les tribunaux internationaux.

— Non, madame le consul. Votre gouvernement et vous-même savez bien que les condamnations sont réservées aux perdants. La guerre contre Falun Gong, nous l'avons gagnée. Elle a été à l'origine de l'élan formidable qui habite notre pays, et la République populaire de Chine en est devenue si forte que personne, surtout pas vous, ne se risquera à nous intenter le moindre procès susceptible de nous chagriner. Dites-moi que j'ai tort. La lutte contre Falun Gong est connue depuis plus de dix ans ; par la suite, Bo Xilai, qui en fut l'un des plus farouches acteurs, est devenu ministre du Commerce. Il a été reçu dans toutes les capitales du monde, il a rencontré tous les chefs d'État, et personne ne l'a jamais inquiété. Vos belles démocraties avaient fait de même en recevant Goebbels ou Hitler en 1938.

— Oui, mais je vous rappelle que tout cela s'est très mal terminé.

— Nous en avons tiré les leçons, croyez-moi.

— Vous voulez bien revenir un instant sur la signification de Falun Gong dans la transmission du pouvoir en 2002 ? »

C'est la première fois que le chef de cabinet intervient dans les débats. Trois ou quatre personnes supplémentaires sont apparues autour de lui ; au fur et à mesure que tombent les révélations de M. Wang, le dispositif enfle. L'évidence s'impose ; elles sont en passe de devenir une affaire d'État susceptible de modifier le cours de l'Histoire. Je le ressens moi aussi avec une acuité accrue. Comme un flash me reviennent en mémoire mon affectation ici, ma déprime, ma solitude après mon divorce – et le dossier pour la garde de ma fille qu'il me faut constituer avant demain.

« Le président Jiang connaissait mieux que quiconque les menaces que la réussite économique ferait peser sur la société chinoise. Falun Gong représentait tout ce qu'il redoutait. Il a engagé la lutte sans doute un peu tard, mais il y a consacré toute son énergie entre 1999 et 2002, à la fin de son mandat. La victoire n'était cependant pas encore consolidée à l'époque. C'est pourquoi il était indispensable d'obtenir l'adhésion pleine et entière de ses successeurs pour poursuivre l'épuration radicale.

— Vous avez mentionné les nazis. Ce que vous évoquez ressemble à s'y méprendre au dispositif de lutte contre les Juifs.

— Ne pratiquez pas d'assimilations douteuses. Nous ne sommes pas une dictature, le pouvoir suprême est transmis d'une génération à l'autre sans le moindre accroc.

— Pourquoi, en 2002, Jiang Zemin ne nomme-t-il pas comme successeur l'un de ses proches, quelqu'un de la Clique de Shanghai comme Zeng Qinhong ou Bo Xilai ? Il aurait pu le faire, et ne pas s'exposer à la montée en puissance des partisans du président Hu Jintao...

— La première raison est qu'ils ont sous-estimés l'habileté des *tuanpai*. Sans doute les choses auraient-elles été différentes si le scénario des dernières années avait été imaginé en 2002. Surtout, il faut vous souvenir de la situation internationale et économique au moment du XVIe Congrès. Les attentats du 11 septembre avaient précédé un premier krach boursier, lié à l'affaire Enron. Le capitalisme était malade, les États-Unis étaient attaqués pour la première fois en leur cœur et la croissance chinoise n'avait jamais été aussi forte. De nombreuses discussions avaient animé le Politburo et le Comité central. Il était apparu opportun de changer l'image du gouvernement chinois, de casser avec la tradition communiste de Mao et de Deng Xiaoping.

» Les *princelings*, proches par leurs racines familiales des grandes heures du communisme, paraissaient véhiculer une image trop radicale. C'est ainsi que prit corps peu à peu l'idée de faire émerger des hommes neufs, incarnant une Chine moderne et conquérante. Vous, les Occidentaux, n'attendiez que cela, trop heureux de pouvoir éluder ce mot, "communisme", qui vous fait horreur. Vous pouviez vous consacrer ainsi à votre fumeuse croisade contre l'islam et ses fondamentalistes, et aussi à la conquête, plus cynique donc plus compréhensible, des champs de pétrole contrôlés par les pouvoirs du Moyen-Orient. Encore une fois, les images que je mets à votre disposition doivent être vues en parallèle de celles que vous avez tournées à Guantanamo, ou dans les salles spéciales de Kaboul ou de Bagdad, pour s'en tenir à quelques exemples célèbres.

— Les États-Unis s'honorent de n'avoir jamais enfreint la Charte des droits de l'homme. »

Son sourire est bref ; il fronce les sourcils, et je ne peux m'empêcher de faire le parallèle avec le bourreau de la vidéo. Il reprend d'un ton cassant :

« Moins fort, s'il vous plaît. Je ne me livre ni à un discours idéologique ni à une conférence de presse. Nous connaissons les uns et les autres les règles du jeu en matière de relations internationales. Si, dans les conditions où nous sommes, vous vous refusez à percevoir ces réalités, dites-le-moi : je m'en irai et vous n'entendrez plus parler de moi ni de grand monde d'intéressant en Chine. »

Je prends sur moi d'intervenir. « Non, monsieur Wang, il ne s'agit pas de faire le procès de quiconque. Si cela devait se produire, nous n'en serions, vous et nous, que de petits figurants. En revanche, pour le maintien des relations entre nos deux pays, je crois utile de poursuivre nos échanges.

— Je peux m'en aller. Si vous ne pouvez pas m'écouter, je peux m'en aller. »

J'ai du mal à cerner ce tigre-là. A-t-il peur, est-il fatigué ? Quelque chose m'intrigue, mais je ne parviens pas à déceler quoi.

Le chef de cabinet tente à distance de ranimer la flamme.

« Nous souhaitons poursuivre cet entretien, monsieur Wang. Vous nous avez donné beaucoup, mais il nous manque encore tant de pièces pour comprendre le puzzle. Ce que nous voudrions savoir est comment l'itinéraire de Bo Xilai a pu connaître autant de hauts et de bas, et surtout comment il en est arrivé à cette logique personnelle. Nous voudrions votre avis sur la suite des événements, notamment quant à l'existence de cette organisation secrète dont vous nous avez donné les preuves formelles. Mais peut-être souhaitez-vous manger quelque chose, ou boire ? Ou vous reposer un peu ? »

Je me lève pour lui préparer quelque chose ; il m'arrête de la main, s'essuie le front. Sa chevelure est luisante.

Il secoue la tête, ouvre et ferme la bouche tel un poisson asphyxié. Peut-être mesure-t-il la gravité des révélations qu'il nous livre. Il a franchi le Rubicon et le Styx d'un seul bond : je ne vois pas comment il pourrait vivre de nouveau parmi les siens avec ce qu'il consent à nous dévoiler. Devient-il prisonnier de sa propre démarche ? S'il part, on le tuera ; s'il reste, le processus le broie.

Soudain, l'idée me traverse que cet homme vit ses derniers instants. Seule la manière dont il sera éliminé n'est pas encore définie : tout dépend des prolongements de ces moments cruciaux que nous vivons ensemble.

Une inspiration étrange, très peu chinoise.

Je lui effleure la main – pas une caresse, juste un contact. Il sursaute.

« Monsieur Wang, si cela devenait votre testament, il faudrait qu'il soit le plus complet, le plus parfait possible. Qu'au moins votre vie ne soit pas effacée... »

Sur l'écran, ils doivent me regarder avec stupeur. J'ai touché juste, pourtant, je le lis dans ses yeux. Il inspire à fond avant de reprendre, pour moi, surtout pour moi. Cette fraction d'émotion, brève mais si intense, vient de créer un lien entre lui et moi. Je le vois pour ce qu'il est, un boucher, un bourreau, un être sans doute atroce. Mais j'éprouve un sentiment fort pour lui – et lui aussi, je le sais. Nous sommes soumis à la contrainte, à l'exigence d'un sablier presque écoulé. Soudain, je sens qu'il est aussi seul dans la vie que je le suis et que nous avons quelque chose en commun, dans nos expériences, dans nos cicatrices mentales.

« Pendant le premier mandat du président Hu Jintao, entre 2002 et 2007, la situation des anciens du combat contre Falun Gong était ambiguë. Ils étaient tout à la fois dangereux et protégés, maîtres chanteurs et parias. Dans l'ombre, Jiang Zemin conservait son potentiel de terreur, possédant tant de fusées dans son arsenal qu'il pouvait en sacrifier quelques-unes si nécessaire. Bo Xilai risquait d'entrer dans cette catégorie, tant il avait d'ennemis. Certes, il était un *princeling* craint pour son intelligence, sa cruauté, son aisance, son culot ; mais il était aussi un *princeling* méprisé. »

Xu le coupe : « À cause de son attitude pendant la Révolution culturelle ?

— Oui. Il portait toujours le poids de ses forfaits. Il n'a pas été le meilleur fils quand son père a été jeté au cachot. Il l'a frappé lui-même, lui brisant les côtes.

— Le vieux Bo Yibo a eu la sagesse de lui pardonner.

— Lui, oui. Mais Bo Xilai a aussi été le pire des gendres vis-à-vis de son premier beau-père, Li Xuefeng, en n'hésitant pas à l'enfoncer quand ce dernier a été poursuivi, ni à répudier sa fille Li Danyu qui pouvait entraver son zèle de fanatique au milieu des gardes rouges. Li Xuefeng, revenu en grâce, a conservé sa haine envers le père et le fils Bo. Il leur a interdit l'entrée de Pékin tant qu'il serait vivant. Et il a tenu parole : ce n'est qu'en 2004, à sa mort, que les Bo parvinrent à renouer avec le succès, grâce à l'appui de Jiang Zemin qui ne les avait pas lâchés. L'ascension finale pouvait commencer. »

Xu fronce les sourcils. « Il vous avait déjà embauché…

— Oui, je vous l'ai déjà dit : je lui dois tout. Il m'a recruté alors qu'il était devenu maître de la province du Liaoning. Quand j'ai débuté ma carrière, souvenez-vous que je réglais la circulation. J'ai admiré cet homme hors de commun. Zeng Qinhong est l'intelligence personnifiée, mais Bo Xilai a pour lui l'énergie, l'habileté, la détermination. Je vous assure que je n'ai jamais rencontré une telle volonté de fer. Jamais.

— Et pourtant, vous le trahissez.

— Il ne me laisse pas d'autre choix. Ou alors si, j'aurais pu me suicider. »

Il me toise. Je suis convaincue qu'il n'hésiterait pas s'il le fallait.

« Mais je crois en ses idéaux, qu'il m'a enseignés par l'exemple. Je crois en la supériorité de la Chine éternelle, et je crois que l'idéologie du Parti communiste et de Mao est la seule vraie réponse aux folies du monde actuel. Je suis un fanatique, et je l'assume. »

« Il y a donc eu sa période ministre du Commerce, à partir de 2004. Il a pris une dimension supplémentaire. C'est à ce moment qu'on l'a appelé "Petit Mao". À l'international comme dans la politique locale, il gagnait ses galons de star. Les *tuanpai* le haïssaient de plus en plus mais, chose nouvelle, les *princelings* commençaient eux aussi à se méfier de lui. D'ailleurs, lors du XVIIe Congrès, en 2007, vous l'avez noté tout à l'heure, il aurait dû intégrer le secrétariat permanent du Politburo, voire se trouver choisi comme vice-président. Il a été tenu à l'écart ; on lui a préféré le falot Xi Jinping. Bo disait que Xi était une réincarnation de "Liu E'dou".

— Qui est-ce ? »

Xu se charge de la traduction : « Liu E'dou était le fils débile et attardé mental du dernier empereur du Shu Han, à l'époque des Trois Royaumes, à la fin du IIe siècle. C'est le symbole du dirigeant incapable.

— Exact. Bo Xilai adore ces comparaisons avec le passé. Il connaît à fond l'histoire chinoise. Toujours est-il qu'en poussant Xi Jinping pour succéder à Hu Jintao, le président Jiang Zemin croyait sans doute mieux maintenir son influence indirecte. Bo Xilai, lui, avait reçu le message : les règlements de comptes avaient commencé, et ils l'ont sans doute décidé à opter pour une stratégie différente, plus individuelle.

— Et vous, comment étiez-vous associé à ses réflexions ?

— Je ne l'étais pas ! Nous évoquions les chausse-trapes et autres coups fourrés quand il revenait à Dalian. Il était décontracté, toujours direct. Je le vénérais. La confiance était réciproque, il me laissait les coudées franches dans la lutte contre les triades. Mes infiltrations méthodiques portaient leurs fruits. J'appliquais à la lettre les solutions que nous avions mises en œuvre dans la lutte contre Falun Gong.

— L'expérience était utile, glisse Xu.

— Oui, mademoiselle, vous avez raison. Je suis fier des résultats que j'ai obtenus dans ces différentes affaires. Elles sont liées car elles poursuivent le même objectif, celui de préserver l'unité chinoise et de ne pas dilapider les acquis de la révolution.

— Avez-vous pratiqué des opérations médicales similaires à celle que vous nous avez montrée ?

— Oui, à de nombreuses reprises. La science a un pouvoir plus terrifiant encore que la violence, vous le constaterez dans la multitude des situations filmées que je vous ai fournies. Je me permettrai de pointer un autre exemple important, celui qui m'a permis d'établir de manière incontestable le passage de la triade *Audace de l'Argent* à un stade international. La menace qu'elle représente vous concerne, vous les Américains, peut-être plus encore que nous. » Cette dernière phrase provoque un mouvement sur les écrans : tous les participants ont sursauté, moi y comprise.

Il faut avouer que, jusqu'à présent, nous avions un rôle assez confortable. Au fond, nous étudiions avec une curiosité, grave certes, mais extérieure, les spasmes de ce microcosme chinois rendu hystérique par la conquête de la suprématie politique. Nous pressentions qu'ils auraient sans doute une influence sur notre propre univers, mais de manière lointaine. Pour la première fois, une liaison bien plus directe est évoquée.

Les gars du Pentagone réagissent les premiers : « Que voulez-vous dire par le fait que nous puissions être plus impliqués que vous ?

— Une triade fondée sur la finance suppose un lien puissant avec les milieux d'affaires anglo-saxons, vous vous en doutez. Si vous m'en laissez le temps, je vais vous démontrer, preuves à l'appui, que cette connexion a non seulement eu lieu, mais qu'elle a établi ses ramifications au plus profond de votre système économique.

— Vous détenez des éléments précis ?

— Le disque dur numéro 4. Pas des éléments, des cascades d'informations, des quantités de documents collectés en plusieurs vagues successives. La vraie question qui se posera à vous, comme elle se pose à nous, est : voulez-vous vraiment savoir ? Je puis vous assurer que les conséquences seront lourdes si vous consentez à regarder la vérité en face.

— Cher monsieur, c'est là notre affaire. Ne vous inquiétez pas pour nous : s'il le faut, nous savons prendre les décisions qui s'imposent, y compris quand elles sont douloureuses.

— Nous verrons bien. » Il ne s'énerve pas, il regarde l'écran de son regard froid de tueur. « Quoi qu'il en soit, vous disposerez de tout ce dont vous aurez besoin pour asseoir vos certitudes. »

Je l'interpelle sans le brusquer.

« Monsieur Wang, pouvons-nous reprendre sur cette migration internationale et sur le rôle qu'aurait joué Bo dans cette affaire ?

— Oui, vous avez raison. En 2009, quand il a quitté son poste de ministre, il a été nommé à Chongqing et a décidé de lancer une grande offensive contre les triades. J'avais préparé le terrain pour une action d'envergure : je disposais d'informations très précises qui nous vaudraient un gros effet de surprise, avantage déterminant dans des opérations coup de poing simultanées. Par ailleurs, dès 2008, j'ai pu lui fournir les preuves de l'existence d'*Audace de l'Argent*. Nous avons établi son lien avec les États-Unis par le suivi minutieux d'une gigantesque cargaison d'opium, raffinée en Amérique centrale avant d'être acheminée sous forme de cocaïne aux États-Unis, par la Californie et la Floride.

— Ce piège a été constitué à l'insu du FBI ?

— Nous sommes ici pour dire la vérité, n'est-ce pas ? Votre police, si efficace soit-elle, est elle aussi gangrenée par la corruption. Il suffit de mettre un prix élevé – et je vous parle d'un cargo de drogue : les moyens étaient énormes.

— Quelle certitude aviez-vous de la fiabilité de vos informations ?

— Je les avais obtenues par l'une des plus féroces têtes de dragon que j'aie jamais rencontrées. »

Xu l'interrompt : « Vous parlez de Xie Caiping, n'est-ce pas ?

— Oui, mademoiselle, je parle bien de la terrible marraine des mondes souterrains, comme elle a été surnommée. Celle dont la cruauté surpasse tout ce que nous avons pu rencontrer auparavant. »

« L'arrestation en 2009 de Xie Caiping a donné le signal de départ de la répression sans concession que nous avions décidé d'engager. Depuis, bien sûr, j'ai ouvert les yeux. Je me suis rendu compte qu'il s'agissait aussi du début d'un autre processus aux conséquences effroyables : la prise de contrôle de Bo sur la triade des triades. Il avait décidé d'éliminer les forces susceptibles de l'entraver au moment où il allait gagner une nouvelle dimension. Il menait de front deux actions d'envergure : celle pour laquelle j'étais son bras armé, l'extermination des gêneurs criminels ; l'autre, secrète, dont j'étais exclu. Elle consistait à parachever une machine de guerre à la puissance démesurée, cette structure financière impénétrable censée lui apporter à la fois les moyens de son ambition sans limites et la mainmise sur l'un des principaux réacteurs de l'économie mondiale.

— Pourquoi en a-t-il épargné certains, comme cette Xie Caiping ?

— Nous avons décidé de la laisser en vie parce qu'elle pouvait nous servir. Elle avait une connaissance précise de nombreux réseaux, pas seulement ceux du jeu, de la prostitution et du grand banditisme. En revanche, son rang n'entra pas en compte dans notre mansuétude : parmi ceux qui ont été exécutés durant cette période (les documents que je vous livre contiennent la liste précise de leurs rôles respectifs et des conditions de leur mort), il y a eu pas moins de trois têtes de dragon.

— Les parrains de triades. Leur code secret est 489, précise Xu.

— Des dizaines de 438, de 415, de 426, de 432 en poste ou à la retraite de multiples triades ont été liquidés. »

Xu poursuit son rôle d'interprète : « Ces numéros de code correspondent aux officiers des triades. Ils sont appelés *maîtres des encens*, *éventails de papier blanc*, *sandales de paille*, *bâtons rouges*, et ont des responsabilités précises dans l'organisation – les finances, les relations extérieures, la répression, le recrutement des membres.

— Nous y sommes allés à la faux, croyez-moi, et sans pitié.

— Je vous crois, je vous crois. » Le ton de ma voix est monocorde. Il s'arrête un court instant, me regarde et sourit, comme si j'avais fait une plaisanterie au second degré.

« Ceux qui étaient préservés comprenaient que leurs heures étaient comptées. Comme avec Falun Gong, nous savions envoyer des messages que ceux que nous pourchassions recevaient cinq sur cinq. De fait, les défections spontanées et les dénonciations pleuvaient.

— Phénomène remarquable, en effet. La loi du silence est absolue dans les triades, et les numéros 49, les soldats ordinaires, n'ont aucune connaissance de l'identité de leur hiérarchie. »

M. Wang laisse Xu exposer ces précisions, il approuve en silence. Sa fierté est ostensible. Il reprend :

« Xie Caiping était un très gros poisson. Elle était l'épouse du petit frère de Wen Qiang, l'ex-chef de la justice de Chongqing. Le scandale était énorme dans la ville, la région, voire le pays entier. Pour préserver l'honneur de la famille, il m'a imploré de ne pas la liquider. Pourtant, Dieu sait si l'honneur de son pauvre frère a été bafoué par ses révélations lors de son procès. Il a sans doute regretté que j'aie accédé à sa prière, et le prix qu'elle a pu lui coûter.

— Elle avait un spectaculaire appétit sexuel, n'est-ce pas ?

— Oui. Elle avait pas moins de seize amants, bien plus jeunes qu'elle. En fait, elle en avait davantage. Cette veuve noire en a tué un très grand nombre et en a torturé d'autres. Elle aussi filmait ses œuvres, si je puis dire. Vous allez en trouver quelques exemples dans les disques durs. C'est grâce au concours de l'un d'entre eux que nous avons pu piéger la cargaison d'opium à laquelle j'ai déjà fait référence, puis remonter la filière américaine et par conséquent les connexions mafieuses hors de Chine. Elle m'a livré le document, comme je le fais aujourd'hui vis-à-vis de vous, de manière à m'éclairer sur des arrangements structurels qui la dépassent. Visionnez, vous verrez : un de ses mignons était un agent double, membre d'une mafia nord-américaine. Il lui a révélé tous les détails sous la torture, après qu'elle-même se fut chargée, devant la caméra, de lui peler le pénis. » Il sourit encore, et je ne peux réprimer un haut-le-cœur. « Comme une banane, regardez...

— Non, c'est inutile. » Je me mords les lèvres. Il s'en rend compte. « Nos services analyseront cela plus tard. Comment a-t-elle exploité cette information ?

— En réalité, elle ne cherchait qu'à supprimer les traîtres de son entourage. Sa puissance était locale, elle n'avait pas les moyens d'entrer en conflit avec une organisation internationale ramifiée. En revanche, Bo y a vu l'opportunité d'opérations d'infiltration d'un réseau mondial, afin de mettre au jour les connexions existant entre politique, justice, police et banditisme. J'ai été chargé de diriger une cellule spéciale de quatre personnes, ultrasecrète. Nous avions pour mission d'identifier, au travers d'un piège de très grande ampleur, les membres du réseau dont nous pressentions l'existence sans avoir encore de certitude absolue. Le succès a dépassé nos attentes.

— Bo jouait déjà sa propre partition, à cette époque ?

— Oui, je m'en suis rendu compte bien plus tard. Il avait commencé à tester la force de frappe de la jeune *Audace de l'Argent*. Au début de l'année 2010, la récupération des liquidités par milliards se faisait via les marchés dérivés et grâce aux modèles de *flash trading*. Ce n'est pas ma spécialité, je vous le concède, mais là encore je me suis familiarisé avec une partie des informations contenues dans les disques.

— C'est davantage la mienne, dis-je. Le *flash trading* concerne les opérations qui se déroulent dans des intervalles de l'ordre du millième de seconde. En mai 2010, elles ont provoqué un krach boursier en quelques instants : 15 % perdus en une nuit.

— Je vous conseille de creuser du côté de cet incident. Vous découvrirez des choses étonnantes dans mes documents. Vos marchés financiers sont comme vos réseaux d'information : de véritables gruyères, où les trous sont autant de fenêtres ouvertes et laissées sans surveillance. »

Un signal rouge s'allume au-dessus de la porte. De manière très inattendue, un de mes collaborateurs entre sans y être autorisé. Il apparaît dans le champ des caméras.

« Ann, mesdames, messieurs, il se passe des événements gravissimes dehors. Nous avons besoin de vos ordres pour gérer la situation. »

Wang Lijun se tait et nous observe. Il était lancé et avait encore beaucoup à dire, tout en sachant mieux que quiconque à quel point la probabilité d'un emballement était élevée. Les deux mains posées à plat sur ses cuisses, il se carre dans son siège. La pause risque d'être longue, cette fois, il le sait. Il hoche la tête quand je lui dis : « Nous sommes désolés, mais je crois qu'il est nécessaire que j'interrompe à nouveau notre conversation. »

Je sors et demande qu'on suspende la liaison avec l'écran de la salle. Je fais un point rapide avec Pékin et Washington : « Il semble que la situation se tende au-dehors du bâtiment. » Je réclame que l'on me fasse un récapitulatif, et je m'équipe en micro et oreillette. Dans la case vidéo du Pentagone, les participants sont très nombreux. Des papiers sont sans cesse échangés avec les généraux et les haut gradés.

Mes *boys* sont en ébullition. L'officier de sécurité est en tenue de combat. « Vite, madame, il faudrait que vous vous protégiez et veniez constater les faits par vous-même. » On me tend le gilet pare-balles, le casque lourd équipé du micro et des écouteurs. « Non, Tom, je n'ai pas le temps de passer le treillis. Vous m'accompagnez. »

On me harnache du sac à dos contenant l'équipement de protection contre les gaz, une arme de poing dans son étui est plaquée sur ma poitrine. Dans l'oreillette, j'entends les grésillements du Pentagone. Là-bas, on ne prend pas l'affaire à la légère.

Je monte sur le toit, où trois hommes sont en poste. Ils me tendent des jumelles.

Ils me font un point retransmis sur tous les sites en alerte. « La situation a évolué très vite au cours de la dernière heure. Nous sommes encerclés par une centaine de véhicules dont une vingtaine de blindés. Sept sont en position de tir sur le bâtiment ; une colonne est en attente en bas de la rue. Nous évaluons à environ quatre cents hommes les forces terrestres en position. Le quartier est bloqué, des dizaines de projecteurs sont braqués sur nous. Trois hélicoptères nous survolent sans cesse, un quatrième est en vol stationnaire juste au-dessus de la terrasse. Il ne peut pas nous voir, car nous sommes abrités par le toit.

— Pouvez-vous identifier les unités dont sont issues les forces hostiles ? » C'est un expert du Département d'État qui pose cette question.

« Nous installons des caméras un peu partout, vous aurez les images dans quelques instants. Il nous semble presque avéré que les hommes en présence autant que les véhicules ne sont pas tous de la même origine. Nous avons la quasi-certitude que les unités initiales étaient celles de l'armée régulière. Depuis tout à l'heure, il est patent que la dernière cohorte de blindés est celle de la police de Chongqing.

— Vous êtes sûrs, de Chongqing ? Ils sont hors de leur zone légale !

— Oui. Ils seraient venus en convoi par la route cet après-midi. En revanche, les unités d'élite masquées et fuyantes qui prennent position dans les immeubles alentour nous semblent, elles, typiques des forces spéciales, ou des services secrets.

— Affirmatif. »

Le Pentagone reprend la parole alors que les images commencent à être transmises : « Attention, snipers en position ; je répète, snipers en position. »

Mes hommes sursautent. Étrange combien je me sens calme. Nos entraînements aux situations extrêmes ne servent à rien tant que l'on n'a pas éprouvé le vrai stress du danger, de la menace physique.

J'interroge nos analystes à Washington.

« Sommes-nous exposés ? Pouvez-vous me donner l'information ?

— A priori non, les hostiles ne vous distinguent pas, ils semblent viser les entrées et le rez-de-chaussée. Attention cependant, armes de tir de grande puissance. Je répète, grande puissance.

— En clair ?

— En clair, capacité de transpercer un mur de parpaings. »

Je respire un grand coup. Je me dis qu'il faudrait reprendre au plus vite l'entretien avec M. Wang, qu'il s'agit d'une urgence totale. Et cette pensée m'apaise autant qu'elle aiguise ma lucidité.

« Les unités collaborent-elles ? Sont-elles coordonnées ? Pouvez-vous l'estimer ?

— Bonne question. Il semble bien que non, les unités ne fonctionnent pas ensemble. A priori, il y aurait plusieurs commandements. Le dispositif est assez étrange, comme s'ils se surveillaient autant qu'ils nous encerclent. On se demande même s'il n'y a pas eu un ou deux échanges de tirs entre eux.

— Ok. » Je fais signe à mes hommes de ne pas bouger, de poursuivre l'observation visuelle. Je rentre à couvert. Évitant l'ascenseur, je redescends par l'escalier. Je demande à mes deux adjoints de lancer les générateurs électriques, car nous pourrions assez vite subir des coupures de courant. Puis j'exprime au micro mes différents commentaires, en les ordonnant autant que possible : « Premier point, les attitudes des Chinois sont un défi que j'estime insupportable. Je pense que l'ambassade doit réagir de la manière la plus ferme. Deuxième point, j'estime que nous devons travailler une hypothèse très plausible : cette montée brutale de la tension reflète une véritable panique au plus haut niveau du pouvoir chinois. J'insiste, au plus haut niveau. Nous sommes face à des réactions de caractère exceptionnel dans le contexte habituel de nos relations avec Pékin. La présence de ces différentes unités est pour moi la manifestation d'un affolement de différents clans aux intérêts divergents.

— De quels types de clans voulez-vous parler ?

— Des factions dont nous entretient Wang Lijun. La lutte engagée au sein même de l'appareil politique chinois est de la plus grande violence, et la récupération des documents qui nous sont transmis, autant que de la personne même de Wang Lijun, constitue un enjeu stratégique majeur.

— Votre analyse est sans doute valide, me dit-on.

— Bonsoir, Ann. »

La voix que j'entends me cause une décharge électrique.

« Hillary Rhodam Clinton à l'appareil.

— Madame le secrétaire d'État, je vous avais reconnue !

— Ok, je prends en personne les commandes de l'opération. »

L'ambiance a changé d'un seul coup. La situation est bien de nature gravissime.

« Quelles sont vos instructions, madame le secrétaire d'État ?

— Appelez-moi Hillary. Quelles que soient les raisons pour lesquelles vous vous trouvez dans ce guêpier, Ann, je tiens à vous dire que nous estimons que vous avez accompli un boulot remarquable. Peter n'aurait pas mieux fait.

— Merci, mad... Merci, Hillary.

— Il va falloir poursuivre. Nous allons devoir gérer en parallèle nos trois impératifs : ici, à Washington, la visite du vice-président Xi ; chez vous, les négociations avec leurs autorités quand elles auront exprimé ce qu'elles souhaitent ; et enfin la poursuite de cet interrogatoire.

— Quelle est la priorité ?

— L'interrogatoire. Ann, les documents qu'il nous transmet sont ahurissants. Nous avons mis un paquet d'équipes sur le décryptage et les vérifications. Ce n'est plus une mine d'informations top secret, c'est un gisement à ciel ouvert.

— Je le sens depuis le début, Hillary. Je crois que ce qu'il nous révèle pourrait changer les relations entre nos deux pays pour les dix années à venir.

— Oui, mais pas seulement les relations bilatérales. En d'autres termes, nous parlons d'une modification de l'équilibre du monde. Il faut qu'il poursuive, il faut qu'il nous donne les modes d'emploi des autres disques qu'il trimballe.

— Donc j'y retourne. »

Xu m'attend auprès de la salle sécurisée. « M. Wang n'a pas bougé. Il ne boit rien, il ne mange pas ; il attend sans faire un mouvement. »

Je lui souris. « Seigneur Tigre reste tapi au bord du fleuve.

— Seigneur Tigre n'est jamais plus dangereux que lorsqu'il est traqué. » Elle me sourit en retour.

Pendant que l'on me libère de mes équipements, j'appelle le toubib : « Donnez-moi vos saloperies d'amphétamines, je crois que je ne peux pas me permettre d'être fatiguée cette nuit. »

Il va me chercher les pilules. Xu en prend elle aussi.

« Proposez-en à M. Wang. »

Je convoque mon comité de sécurité. Nous restons debout devant l'entrée de la salle. Auprès de nous, mes deux jeunes prennent des notes sur des calepins. Je suis toujours sous oreillette et micro. Je récapitule : « Nous nous maintenons barricadés, en observation. Nous ne bougeons pas, notre objectif est de gagner du temps. S'ils cherchent à prendre contact par l'intermédiaire d'un officier subalterne, demandez un représentant d'un niveau plus élevé. Et si un haut gradé se manifeste, vous venez me chercher. Tant que la situation n'évolue pas, vous ne me dérangez pas ; le cas échéant, vous vérifiez les consignes avec la cellule de crise à Pékin. »

Peter intervient dans l'oreillette. « Transmettez à tout le personnel américain du consulat de rester confiné. Commencez à préparer un possible rassemblement par véhicules sécurisés. »

J'entends les échanges dans mon oreillette. Le Pentagone s'enquiert : « Madame le secrétaire d'État, nos forces font route en urgence vers les bases de la région.

— Préparez un possible exfiltrage par voie aérienne.

— De l'officiel chinois ?

— Oui.

— Devons-nous travailler sur la possibilité d'une évacuation plus importante, celle des citoyens américains ?

— Présentez-moi un plan. Nous n'en sommes pas encore là, mais n'excluons pas l'hypothèse.

— Nous ne vous cachons pas qu'il s'agirait d'une situation plus que délicate. Nous avons des dizaines de milliers de représentants dans la région.

— Je sais. J'ai bien vu plusieurs scénarios, le consulat d'abord, le rassemblement des citoyens américains ensuite. Accentuez l'information satellitaire et les vols d'intimidation à partir des porte-avions. Le président est en train d'être informé, c'est l'heure de son point quotidien de fin de matinée. »

Nous revenons dans notre salon de fortune. Le dispositif est réactivé. Sur l'écran de la salle, Wang Lijun voit apparaître le visage d'Hillary Clinton en gros plan. Il cligne des yeux, j'imagine que c'est un signe de surprise ou de contentement. Elle s'adresse à lui.

« Bonjour, monsieur. Je suis la secrétaire d'État des États-Unis d'Amérique. »

Xu traduit en mongol. Je ne sais quels commentaires elle ajoute.

« Je suis très honoré, madame, de parler devant vous.

— Nous mesurons l'importance extrême des révélations que vous consentez à nous faire. Nous vous assurons que nous ferons tout pour être à la hauteur de votre courage en cette occasion.

— Comme je l'ai déjà souligné, je ne le fais ni pour moi ni pour vous. Je le fais parce que je crois qu'il s'agit de mon devoir d'officier chinois.

— C'est ainsi que nous le comprenons, soyez-en sûr. Je demeure témoin de votre conversation, mais je laisse Ann la mener. »

Fin du gros plan, retour à l'équipe autour de la secrétaire d'État, qui transmet des notes à cette dernière et lui parle à l'oreille. Les pilules doivent être puissantes, j'ai le sentiment que mon cerveau est affûté comme jamais.

« Monsieur Wang, nous pouvons revenir, si vous le voulez bien, à cette période cruciale qu'est la récupération de la triade *Audace de l'Argent*.

— Je vous disais que tous les processus sont imbriqués. À l'époque, le poste de ministre de Bo Xilai lui permettait de prendre contact avec tout ce que le monde compte de puissants dans l'univers des affaires et de la finance. Mais c'est aussi le moment où la cargaison d'opium piégée joue le rôle de révélateur du réseau mondial des triades de Chongqing. Et c'est par-dessus tout l'exacte période pendant laquelle s'est accéléré le noyautage de cette superstructure, *Audace de l'Argent*, grâce aux informations sur les personnes impliquées et responsables.

— Si je vous suis bien, il y a eu à la fois liquidation et recyclage.

— En effet. Liquidation des subalternes, y compris d'apparence primordiale. Il s'agissait de mon travail, et je l'accomplissais de mon mieux. Mais, pour reprendre votre terme, il y avait aussi, à mon insu, recyclage des personnages les plus puissants, donc les plus dangereux. C'est en cela qu'il est pertinent d'évoquer l'expression de « triade des triades ». L'idée géniale a été de constituer une sorte de conglomérat, à l'image des grands groupes industriels. Quand le patron d'une triade se soumettait, son organisation entière était annexée. La rapidité avec laquelle *Audace de l'Argent* a grandi tenait de cette suprême habileté dans l'intégration des grands vassaux.

— Certains étaient occidentaux ?

— Bien sûr. Anglo-saxons, voire américains. Le concept même d'*Audace de l'Argent* ne pouvait être cantonné à la seule Chine. Cela explique certains crimes. »

« Quand vous utilisez le mot "crime", vous semblez faire allusion à des assassinats très précis ?

— Oui. À ceux commis par Bo Xilai en direct, par exemple à l'encontre de certains ressortissants anglais... »

Je fronce les sourcils et fais un signe interrogateur à Xu, qui me répond par une moue d'ignorance.

« Pardon, il s'agit d'un fait connu ?

— Oui, connu, mais davantage en tant que décès brutal et inexpliqué qu'en tant que meurtre non élucidé. Je parle bien sûr de la mort du Britannique Neil Heywood en novembre dernier à Chongqing. Avant de revenir sur cet épisode impliquant la seconde femme de Bo Xilai, son épouse actuelle, Gu Kailai, il me faut vous préciser la manière dont se développe *Audace de l'Argent* dans le courant de l'année 2010.

— Heywood en faisait partie ?

— Bien sûr, mais n'allons pas trop vite. Vous savez que Gu Kailai a étudié le droit. Elle était l'un des pions majeurs dans la création des structures juridiques internationales permettant la montée en puissance de l'organisation financière.

— Ces structures ont été créées de toutes pièces par Bo ?

— En réalité, elles existaient déjà à l'état d'embryon dans la plupart des triades de Chongqing, car il fallait gérer les capitaux substantiels liés au trafic de drogue avec les États-Unis, entre autres. »

Xu intervient : « Le prédécesseur de Bo Xilai à Chongqing l'ignorait ?

— Non. M. Wang Yang, puisque c'est à lui que vous faites allusion, avait couvert les triades et participé à leurs petits arrangements avant notre nettoyage d'énorme ampleur. Bo Xilai a décidé de ne pas l'attaquer, mais nous détenons une quantité d'éléments à charge, incontestables. D'ailleurs, tous les prédécesseurs de Bo à Chongqing ont été les otages consentants des triades. Il n'était pas possible de rester à l'écart, tant leur importance était forte dans l'économie locale. Il est vrai cependant que les leçons de morale de Wang Yang, l'ancien gouverneur de Chongqing, sonnent de manière étrange à mes oreilles. Dans le disque numéro 5 se trouvent les preuves de son implication alors qu'il était en poste mais également par la suite, quand il a été muté et que plusieurs têtes de dragon l'ont appelé directement pour lui demander d'intervenir, voire d'éliminer Bo Xilai. Vous avez en particulier de nombreux fichiers d'écoutes téléphoniques, classés chronologiquement, avec la description précise des interlocuteurs, de leurs titres dans les triades et des tentatives de subordination menées ensuite par Wang Yang. Il ne se doutait même pas que nous gardions toujours un œil attentif sur ce qu'il entreprenait. Bo ne laissait rien au hasard, et il avait pris soin d'extraire son venin avant de relâcher ce cobra dans la nature.

— Revenons, s'il vous plaît, à la constitution juridique d'*Audace de l'Argent* et au rôle de Gu Kailai.

— L'ensemble des documents relatifs à cet épisode fondamental est contenu dans le disque numéro 4. Du moins les documents en ma possession car, cette fois, il s'agit bien d'informations constituées de mon propre chef, puis, à partir du milieu de l'année 2011, avec l'approbation de Jiang Zemin et de Zeng Qinhong. Même si nous avons pu constituer une toile d'araignée efficace, dans le domaine de la finance nous étions limités – ou plutôt les subtilités des montages nous dépassaient. Nous avons perdu la trace d'un grand nombre de structures logées dans des paradis fiscaux ou en Europe, d'opérations très complexes impliquant de multiples partenaires internationaux dont quelques-uns au moins constituaient des contreparties honnêtes, je peux dire ignorant qu'elles travaillaient avec une organisation mafieuse.

— Il y a tout de même de quoi remplir un disque dur !

— Oui, car j'ai décidé dans ce domaine très technique de collecter la totalité de ce que nous pourrions rassembler, des statuts de société aux comptes en banque que nous pouvions pirater, en passant par les organigrammes, les personnes recrutées, les consultants sollicités. En fait, pour pénétrer la nébuleuse, il serait nécessaire de continuer pendant des années, voire des décennies.

— Où intervient Gu Kailai ?

— Cela nous conduit à la structure d'*Audace de l'Argent*. Aujourd'hui, je vous l'ai déjà dit, je ne suis pas sûr que Bo Xilai en ait été la tête de dragon. Il est plus que probable qu'il ne l'était pas. Avait-il un rôle de grand officier ? C'est possible, des indices m'avaient laissé penser qu'il pouvait être 438. »

Xu nous traduit à nouveau : « Les 438 sont les "niveau 2" des triades, juste en dessous de la tête de dragon. On les dénomme parfois *l'avant-garde*, le patron des opérations de la triade, ou le *maître de la montagne adjoint*.

— Je le voyais plutôt comme *maître des encens*.

— C'est-à-dire chargé de recruter des membres à l'extérieur.

— Pourtant, aujourd'hui, j'ai de forts doutes. Il est possible que Bo Xilai n'ait pris aucune responsabilité dans l'état-major de la triade. En revanche, il est quasiment certain que sa femme, Gu, y occupe ou y ait occupé une place éminente. Elle est avocate, et elle apparaît dans l'ensemble des montages, préparés pour la plupart à New York et à Londres avec différents cabinets juridiques très connus. Ce faisant, elle a été en contact avec beaucoup de gens influents dans le monde des affaires internationales – vraiment beaucoup. Il est difficile de croire qu'elle aurait pu se trouver en charge d'opérations aussi stratégiques en demeurant un simple numéro 49.

— Un membre ordinaire, nous rappelle Xu.

— De là à imaginer qu'elle soit le maître des encens enrôlant les talents qu'elle jugeait utiles... je pourrais m'aventurer à franchir le pas...

— Elle pourrait n'être que l'auxiliaire dévouée de son mari.

— Certes, mais elle a aussi une importance bien plus grande. Elle représente, par son père, une passerelle capitale entre la triade et le haut état-major de l'armée. Enfin et surtout, l'épisode de l'assassinat de Heywood est révélateur. Elle l'a géré seule, de manière machiavélique.

— Une sorte de Xie Caiping ?

— Non, plus, beaucoup plus redoutable ! »

« M. Heywood était un sujet britannique ; en quoi a-t-il été mêlé à cette histoire ? »

Wang Lijun me jette un regard appuyé pour s'enquérir d'une possible plaisanterie. Il doit être confondu par tant de naïveté.

« M. Heywood était connu pour ses nombreuses relations avec le pouvoir chinois. Disons que ses amis de prédilection gravitaient autour des *princelings* d'une part, des membres des triades d'autre part. Il avait connu Bo et son épouse au début de leur ascension, quand ils étaient en poste à Dalian. Il était très jeune à l'époque, et avait plu à Gu. Elle était friande de jeunes gens intelligents, de préférence occidentaux et issus des meilleures écoles.

— Des gigolos ? S'il vous plaît, soyez précis quant aux concepts utilisés ! » Le Pentagone a du mal à suivre. La tension extérieure n'améliore pas la patience des généraux, qui ne cessent de demander des précisions par écrit, hochent la tête et se concertent à micros fermés.

« Non, enfin disons que les relations sexuelles n'étaient pas avérées. Gu comme Bo avaient des vies privées compliquées et peu conventionnelles, y compris selon les normes chinoises. Heywood avait une couverture étrange vis-à-vis de Bo : il était le mentor de son fils, Bo Guagua. Il le pilotait dans les universités anglo-saxonnes, lui ouvrant des portes, lui fournissant les recommandations permettant d'accéder aux doyens les plus prestigieux. De la sorte, Guagua a été intégré à Harvard, pour le plus grand plaisir de sa mère. Gu n'était pas avare de son affection quand on lui rendait des services de cette importance. Mais sa tendresse était embarrassante. Elle pouvait se transformer ensuite en une dangereuse veuve noire, vampirisant des favoris à l'empressement insuffisant. Bien que Heywood soit marié à une Chinoise (il était âgé de quarante et un ans au moment de sa mort) et père de deux enfants, Gu lui a demandé, à lui comme à plusieurs autres personnes proches d'elle, de divorcer pour se consacrer à son seul service. Professionnel et privé.

— Bon sang, monsieur Wang, vous n'êtes pas clair !

— Cela importe peu en l'occurrence. Gu a fini par se ranger à l'injonction de Bo Xilai : la femme de Heywood était très introduite dans les milieux d'affaires chinois, ce qui faisait d'elle un pion non négligeable ; il était inutile de les séparer. On s'est juste chargé de prendre le contrôle mental de cette jeune femme, de manière qu'elle ne mette aucunement en danger les différentes interventions de son mari. Une chose est sûre : Heywood faisait partie de l'équipe rapprochée de Gu, et ce petit groupe a joué un rôle déterminant dans la montée en puissance de la triade. Il était capital pour eux de manœuvrer avec des personnes liées aux grands conglomérats occidentaux, autant pénétrer discrètement un certain nombre d'entreprises que pour recruter éventuellement des membres intéressants. Neil Heywood fait partie de ceux qui ont joué ce rôle à la perfection – pour son malheur. Vous trouverez parmi les pièces à conviction réunies dans le disque numéro 4 les documents ayant transité par son propre ordinateur, ou les différentes introductions en Bourse qu'il a suggérées, notamment dans la City de Londres et à Wall Street. Il était, par exemple, l'intermédiaire privilégié de Gu avec l'agence Hakluyt. »

Xu reprend son rôle de décrypteuse : « L'agence Hakluyt est spécialisée dans l'intelligence économique et se compose pour l'essentiel d'anciens espions britanniques retirés du service ou considérés par le MI5 comme endormis pour quelque temps. »

Wang Lijun poursuit : « Le conflit entre Gu et Heywood date d'octobre 2011, le moment où je pénètre de plus en plus les rouages d'*Audace de l'Argent* et où mes hommes repèrent d'étranges connexions entre Bo Xilai et des mouvements de fonds colossaux.

— Quelles étaient leurs finalités ?

— La rémunération d'un très grand nombre d'inféodés, certains de simples *lanternes bleues*, d'autres sans doute en phase de progression accélérée dans la hiérarchie.

— Les lanternes bleues sont des membres des triades non initiés. Des soldats de seconde classe, le bas de l'échelle.

— Oui, cependant ne vous méprenez pas : il peut s'agir de personnes aux responsabilités très élevées dans les sphères économiques ou politiques de multiples pays.

— Pas seulement des Chinois ?

— Bien sûr que non. Je vous le répète, la plupart sont étrangers. Vous trouverez dans le disque des noms de membres avérés et d'autres présumés. *Audace de l'Argent* pourrait compter, selon nos estimations, près de 150 000 membres, ce qui en ferait de toutes les triades, et de loin, la plus importante en effectifs. La double caractéristique d'*Audace de l'Argent* est à la fois ce très grand nombre de membres non chinois, pour la plupart lanternes bleues, et leur très grande qualité. Il est vraisemblable que Heywood se soit inquiété de l'ampleur du projet, quand il a découvert les sommes qui étaient en jeu et leurs destinataires. À la fin de l'année 2011, la triade était opérationnelle et prête à jouer son rôle dans la conquête du pouvoir en Chine, ce qui pouvait arranger les affaires de Heywood. En revanche, que la triade soit aussi apte à déstabiliser la planète entière par ses ramifications dans nombre d'organisations financières était une hypothèse très... inopportune pour d'autres supérieurs, plus occultes, de Heywood.

— Pour vous, il était membre des services secrets britanniques ?

— Prenez vous-même vos renseignements. Vous trouverez nos conclusions dans mes différents commentaires. Pour aller vite, disons que le silence de Londres au moment de sa mort a été assourdissant. En revanche, ce que les Anglais n'ont pas perçu, c'est que les doubles, voire les triples jeux sont légion, aujourd'hui.

— C'est-à-dire ?

— Je me répète : les services spéciaux de la plupart des grands pays occidentaux, dont la Grande-Bretagne, sont infiltrés à un très haut niveau par *Audace de l'Argent*. »

Mouvement à nouveau sur les trois écrans à la fois.

« Dans l'Occident, vous placez les États-Unis d'Amérique ?

— Oui, madame le secrétaire d'État. Pourquoi, pas vous ? »

« En définitive, résume Xu, l'erreur de Gu Kailai aura été de liquider Heywood dans une chambre d'hôtel et non chez elle.
— On peut la comprendre, dis-je.
— Certes. » Wang sourit. « Sauf que Bo Xilai ne m'a jamais permis de piéger par micros et caméras l'une de ses habitations...
— Alors qu'une chambre d'un hôtel de Chongqing, vous le pouviez.
— Je vous en prie, ne me sous-estimez pas ! Les chambres de la totalité des hôtels de Chongqing sont sous surveillance complète. À titre d'exemple intéressant, je vous conseille d'analyser les conversations du président Hu Jintao quand il est venu dans la région. Vous constaterez qu'il avait une conception très personnelle du rapport amical entre votre pays et le mien. Enfin, ceci est pour l'anecdote, car le plus intéressant concerne sa stratégie de conservation du pouvoir jusqu'au XVIIIe Congrès – pour autant qu'il ait lieu, d'ailleurs. Les *tuanpai* ne sont pas des enfants de chœur et sont loin d'avoir entériné la transition qu'ils prétendent avoir acceptée.
— Que s'est-il passé pour Heywood ?
— Nous étions en octobre, octobre 2011. La date est importante. Bo Xilai avait commencé son

offensive sur Pékin. Il avait organisé à l'Opéra national une série de représentations spéciales des chorales de Chongqing. Le programme était une floraison de chants composés au moment de la Révolution culturelle. »

Xu lève la main ; Wang la laisse intervenir.

« Ces chants ne sont pas anodins. Ils avaient été interdits, après que les horreurs de cette période, parmi les pires du règne de Mao, ont été révélées. Les chanter à l'Opéra était une provocation extraordinaire.

— Bo Xilai poursuivait plusieurs objectifs. Il voulait acculer les dignitaires du Politburo, ces attardés mentaux comme il disait : s'ils se montraient en public à l'Opéra, ils cautionnaient la démarche de Bo et proclamaient *urbi et orbi* son rôle implicite dans la future direction du pays, ouvrant même un possible procès en perte de l'héritage des grands anciens, un an plus tard, au moment du Congrès. Au passage, Bo réaffirmait son profil immaculé de défenseur intransigeant du communisme. Ces fameuses chansons, il les a chantées lui-même alors qu'il était l'un des plus zélés et des plus violents membres du Comité d'action unie.

— L'une des factions extrémistes des gardes rouges.

— Oui, ces mêmes gardes rouges qui, à Canton, dans les années 1960, ont arrêté sa mère, l'ont torturée et ont fini par l'assassiner, en la jetant du camion qui la ramenait à son cachot après un interrogatoire.

— Cet épisode est connu. Vous soutenez que Hu Ming, la mère de Bo Xilai, ne s'est pas suicidée pour éviter de dénoncer son mari ?

— Ce fut la version officielle, en effet. Bien plus tard, Bo s'est vengé de manière aussi discrète qu'impitoyable. Pour leur malheur, il connaissait les noms de tous les coupables. J'ai été moi-même chargé de rendre la justice et de laver l'honneur de Hu Ming au nom de son fils.

— Rendre justice ?

— Oui, vous avez bien compris. À la fin des années 1990, il restait deux gardes rouges encore vivants, ex-membres du Comité d'action unie ayant du sang de Hu Ming sur les mains. Ils sont morts en sachant qui les tuait, croyez-moi. Ce sont ces faits d'armes aussi qui ont créé entre Bo et moi un lien si fort. » Il soupire.

« Donc, en ce mois d'octobre 2011, le spectacle de la chorale de Chongqing n'a pas eu le succès attendu ?

— En effet : aucun membre du Politburo n'a assisté aux représentations. Pas même Zhou Yongkang, le maître du bureau 610, qui non seulement appuyait la candidature de Bo Xilai, mais voyait en lui son successeur à son propre siège.

— Ainsi, Zhou Yongkang pouvait avoir peur ?

— Le président Hu Jintao était passé à la vitesse supérieure. Il avait acquis une aura légendaire depuis qu'il avait réchappé par miracle à deux tentatives d'attentat. Il en était sorti transformé, il en tirait une confiance absolue en sa chance, et son énergie dévastatrice faisait trembler, y compris parmi les plus fervents partisans de Jiang Zemin. Il devenait évident que Bo Xilai allait entrer en opposition frontale avec Hu Jintao et tous les *tuanpai*. Les autres *princelings* n'étaient, quant à eux, pas persuadés que ce soit le moment opportun. Le falot vice-président Xi Jinping est venu demander en personne à Jiang Zemin et Zeng Qinhong de ne pas se précipiter. En quelque sorte, si ceux de Shanghai ne lâchaient pas encore Bo Xilai, ils le laissaient seul en terrain découvert. Bo représentait une sorte d'avant-garde des *princelings*, qu'il serait bien temps de renier si les événements ne tournaient pas comme prévu.

— N'est-ce pas l'exacte définition de votre défection ? »

Il me foudroie ; je soutiens son regard sans ciller. Je ne peux me défendre d'un sentiment d'ambiguïté croissante à son endroit. Plus nous discutons, plus il me dégoûte et plus il me fascine. Je voudrais le percer au plus profond, je sens que je n'y parviendrai pas. Et parfois, je me surprends à redouter que l'inverse soit vrai. Ses yeux me vrillent, pénètrent ma conscience. Je pourrais en être effrayée, mais je sens aussi qu'il n'éprouve pas d'antipathie pour autant. Il est comme moi : il devrait me haïr ou me mépriser. Je représente ce qu'il honnit par-dessus tout. Et il n'y parvient pas. Doit-on utiliser le terme d'admiration ? En ce qui me concerne, oui, dans une certaine mesure.

« Non, madame. Je ne suis pas, je ne serai jamais un politicien. Je ne suis pas un opportuniste, je ne suis pas un corrompu. Ma démarche ici correspond à la fin de ma vie. J'accomplis mon destin, et j'en suis fier. Bo Xilai a perdu le fil de son idéal. Rien n'est plus grave pour un homme, et pour le pays qu'il dirige.

— Vous pensez que Bo Xilai s'en rendait compte en ce mois d'octobre, quand il se retrouvait de plus en plus seul ?

— Non. Il l'avait prévu. Il jauge très bien ceux qui l'entourent, comme ceux qu'il combat. Il tient cette qualité de son père. Il ne s'était jamais fait aucune illusion sur la loyauté ou le courage des autres *princelings*. Non. En revanche, il constatait qu'*Audace de l'Argent* était opérationnelle et pouvait se transformer en l'outil indispensable à sa conquête du pouvoir. »

La secrétaire d'État intervient, ou plutôt semble se faire à voix haute et micro ouvert une remarque personnelle : « Je comprends de mieux en mieux la comparaison entre Bo Xilai et Kennedy. Même sentiment d'invulnérabilité, même croyance en leur puissance sans limite... »

Xu traduit, je ne l'en ai pas empêchée.

« Oui, madame, à la différence près que Jackie, chez nous, jouait le rôle de Bobby !

Pugnace, j'exige des précisions :

« Gu était à Pékin dans cette période cruciale ?

— En effet. Bo Xilai considérait que le contexte de la finance mondiale rendait possible le développement d'*Audace de l'Argent*. Il pouvait bénéficier d'un incroyable alignement des planètes : la crise bancaire reprenait en Occident, les capitaux refluaient vers une Asie sans contrainte réglementaire, faisant figure de paradis comparée aux exigences drastiques proclamées au moment du G20 en France. Les structures étaient prêtes à Hong Kong, Shanghai et dans plusieurs autres villes du monde, pour constituer de gigantesques fonds.

— S'il était nécessaire de lancer une offensive financière, Bo Xilai disposait d'une redoutable force de frappe. Le krach larvé de l'été 2011 avait démontré l'extrême vulnérabilité d'un capitalisme déboussolé. Avec *Audace de l'Argent*, Bo possédait le porte-avions susceptible de lui conférer la victoire.

— En quoi Heywood devenait-il gênant ?

— Comme beaucoup d'autres, dont je fais partie, nous avions compris trop tôt le véritable dessein de Bo Xilai. Son but était un coup d'État, à son profit. »

« Comment Heywood a-t-il été supprimé ?
— Il n'a rien vu venir. Vous autres, Occidentaux, êtes tellement imbus de votre propre valeur que vous sous-estimez toujours celle des autres. Gu Kailai lui avait demandé de rejoindre Chongqing avant elle. Elle avait mis à sa disposition un chauffeur de type spécial... Il avait été sous mes ordres pendant plusieurs années et m'était resté dévoué en dépit de ce qu'il entendait sur mon compte. Bref, la veille au soir, il m'a averti de sa mission. Sa confession fait partie des données du disque numéro 4. Il se nomme Zhang Xiaojung. Les précisions qu'il apporte ont été confirmées par les constats officiels ultérieurs.
— Il a été chargé de la sale besogne ?
— Oui. Le soir, à l'hôtel, il a apporté un breuvage à Heywood en lui expliquant qu'il avait été préparé par Gu Kailai.
— Pourquoi Heywood a-t-il accepté de le boire ?
— Comment vous l'expliquer ? Il était sous sa coupe – de manière totale. C'était une sorte de jeu, si vous comprenez ce que je sous-entends...
— Oui, je crois. » J'ignore pourquoi, ses yeux brillent en me regardant ; et j'admets ressentir comme un vague trouble.

« Zhang Xiaojung savait quelle était la nature des relations entre Gu et Heywood. Il savait qu'il devait présenter l'ordre de cette manière : il pouvait s'agir d'une décoction aux propriétés... stimulantes. Gu Kailai devait arriver le soir, le scénario était crédible.

— En réalité, quel était le produit ?

— Un poison létal, en quantité massive. Selon un principe que Bo Xilai applique depuis son plus jeune âge, tout homme doit savoir de quoi il va mourir. Quelques instants après, alors que Heywood ressentait les premiers symptômes, Zhang Xiaojung lui a révélé à quel point il avait froissé Gu Kailai en la trahissant, puis en entravant ses ordres de transferts financiers. Il lui a dit qu'elle avait essayé de lui pardonner, mais qu'elle n'y était pas parvenue. Et la punition qu'elle avait choisie était la mort – sans plaisir, a précisé Zhang Xiaojung. Après qu'il eut constaté la raideur cadavérique, il a informé Gu Kailai du bon accomplissement de sa mission, non sans omettre de tout enregistrer et de me le transmettre en double.

— C'est elle qui a constaté la mort ?

— Non. Elle a appelé l'hôtel en demandant d'aller porter un message à Heywood. Ils ont alerté les autorités quand ils ont trouvé le corps dans la salle de bains. Il n'y a eu aucune enquête spécifique. La procédure s'est déroulée sans la moindre vérification. Les policiers ont estimé qu'il s'agissait d'une crise cardiaque. La famille a été prévenue un jour plus tard. L'épouse a manifesté une douleur et une tristesse inattendues. Alors Gu Kailai, accompagnée de trois "gardes du corps", des *numéros 39* de la pire espèce, est venue expliquer à la jeune femme qu'elle devait au plus vite signer le permis de crémation, sans la moindre autopsie. L'autre était tétanisée : elle connaissait la réputation de Gu Kailai. Elle a signé, et le dossier fut clos. Quand, quelques jours plus tard, un représentant de la Couronne britannique a rencontré Bo Xilai lors d'une visite officielle, il n'y a eu aucune demande, aucune allusion à la mort de son compatriote. »

Je souris. « Un oubli, sans doute.

— Un aveu, plutôt. Nous savons les uns et les autres que, dans les guerres de services secrets, les dépouilles des soldats morts au champ d'honneur ne sont jamais restituées.

— Gu Kailai prenait un risque énorme en s'impliquant en personne. Elle aurait pu déléguer à des subalternes, faisant écran en cas d'évolution défavorable.

— En l'espèce, il s'agissait d'une liquidation importante. Je vous le répète, je pense que Heywood avait un lien très fort avec les Bo. Sa suppression délivrait plusieurs messages.

— Lesquels ?

— Le premier était que les plus impliqués dans les débuts de l'organisation ne devaient pas espérer une quelconque impunité. La corruption est aussi l'un des plus grands périls d'une structure criminelle. Il est important que les membres comprennent à quel point la discipline à laquelle ils se soumettent est implacable. Les relations particulières entre Gu Kailai et Heywood renforçaient l'idée qu'à l'avenir personne ne pourrait s'autoriser la moindre insoumission. Dans *Audace de l'Argent* plus qu'ailleurs, aucun statut n'est protégé. En outre – il s'agit toujours d'une hypothèse de ma part –, il est probable qu'Heywood comme d'autres n'était pas compatible avec de nouveaux membres dans la hiérarchie de la triade.

— D'autres ? Des Chinois ?

— Non. Disons qu'il y a eu plusieurs décès durant cette période, entre octobre 2011 et janvier 2012.
— En Chine ? »

Il fronce les sourcils un court instant – un signe d'agacement du Tigre au repos.

« Vous entendez ce que je vous dis ? *Audace de l'Argent* est une organisation internationale dont l'objet est de dominer l'économie mondiale. Si je suis parvenu un tant soit peu à vous convaincre de ce danger, cherchez parmi l'ensemble des morts brutales au cours des dernières semaines. Partout sur la planète, et plutôt dans les milieux du business, de l'argent, de la politique. Étendez aux accidents ou aux démissions inattendues, ou aux refus de responsabilités, que sais-je encore. Enfin bref, creusez l'ensemble des cibles potentielles d'une organisation surpuissante placée au cœur des dysfonctionnements économiques. Partez de mars-avril 2011, cherchez bien, et vous allez sans doute trouver. Pour autant que vous le vouliez vraiment. »

Il s'arrête, pose ses mains à plat sur la table et me regarde dans les yeux. Il veut me dire autre chose, cette fois j'en ai la certitude. Je le relance, de manière un peu mécanique, sachant très bien que ce n'est pas dans ce sens qu'il voudrait aller :

« L'organisation que vous nous décrivez est à ce point terrifiante qu'elle ne dépend pas seulement de la volonté de Bo Xilai.

— C'est lui qui l'a développée, à des fins qui lui sont propres. Mais d'abord, je vous l'ai dit, cela m'étonnerait qu'il la dirige à titre personnel. Ensuite, comme toute triade, elle est par nature destinée à survivre à la disparition de ses chefs, ce qui dans ce genre d'activité peut se produire assez souvent... Pour illustrer mon propos, le contenu du disque numéro 6 devrait achever de vous convaincre. Pour vous aider dans le décryptage, ne perdez pas la trace des trois "Australiens" : ils peuvent vous rapporter les clés manquantes, celles que moi-même, d'ailleurs, j'ai longtemps cherchées en vain, car je ne disposais pas du droit de me déplacer hors de Chine.

— Vos fameux "Australiens", Yu Junshi, Ma Biao et Xu Ming, les très proches de Bo Xilai qui cherchaient encore à vous réconcilier ces jours derniers, seraient des grands officiers de la triade ?

— Je ne sais pas. En tout cas, travaillez la piste australienne, travaillez-la en profondeur et complétez ce que vous trouverez dans mes documents. »

Il tend la main vers sa mallette. Il n'a pas le temps d'achever son geste.

La secrétaire d'État intervient : « Ann, les choses bougent. Je crois qu'il est nécessaire que nous entrions en pourparlers. »

En sortant de la salle, j'ordonne que l'on installe un sofa, de manière que Wang Lijun puisse s'allonger. Je demande également que l'on baisse la lumière et s'enquière de ses goûts culinaires. La fatigue et la tension nerveuse doivent commencer à se faire sentir.

Je retourne ensuite dans ce qu'il est convenu d'appeler un PC opérationnel, réel et virtuel.

Désormais, ce n'est plus un écran séparé en quatre, mais quatre télévisions qui ont été placées devant la table. La secrétaire d'État fait le point : « Parmi les forces qui bloquent le bâtiment, nous avons confirmé les origines distinctes. La première est l'armée, une centaine d'hommes. Ils doivent estimer avoir la plus forte responsabilité dans l'événement, étant donné que Wang Lijun a été accompagné chez nous par un officier supérieur. Ils sont appuyés, ou surveillés, c'est au choix, par deux cents hommes de la police de Chongqing, de loin les effectifs les plus nombreux. Ces derniers ont pris position en bloquant les rues environnantes. Ils empêchent tout véhicule d'entrer dans le périmètre sans leur autorisation. De manière évidente, ils pourront opérer de même dans l'autre sens en cas de sortie ou d'exfiltration. En visuel, nous avons distingué des tensions entre les états-majors présents, et des mouvements... inappropriés les uns vis-à-vis des autres. La troisième force présente est intéressante ; il s'agit des services secrets. Là encore, l'unité est importante, une cinquantaine d'hommes au minimum. Ils sont stationnés à découvert, devant l'entrée, et semblent avoir la prééminence en cas de négociation. Leurs snipers ont pris position pour nous atteindre en différents endroits du bâtiment – vous l'avez constaté tout à l'heure, sur le toit. Mais ils ont aussi des tireurs embusqués, qui semblent tenir en joue les forces armées de leur propre camp.

— Vous êtes sûre ?
— Oui. N'est-ce pas, général ?
— En effet. Nous avons filmé l'ensemble des mouvements depuis plus de deux heures. À plusieurs reprises, les unités ont été repositionnées à couvert parce qu'il était constaté qu'elles pouvaient se trouver menacées par la trajectoire de tirs ennemis. J'utilise le terme à dessein. Nous n'avons, quant à nous, placé aucune force en situation agressive.

— Donc, madame... Hillary, nous pouvons en conclure que la teneur des informations détenues par Wang Lijun est d'un niveau si élevé que sa récupération pourrait donner lieu à des combats entre factions chinoises. Cette éventualité est stupéfiante, dans le contexte. Jamais la Chine ne se divise, jamais la Chine ne laisse à l'étranger la possibilité d'entrevoir une quelconque divergence en son sein. Depuis que je suis en poste ici, je n'ai ni de près ni de loin été témoin d'une telle situation, ni n'en ai entendu parler. Qu'en pensez-vous, Peter, vous qui avez une expérience de ce pays plus grande que la mienne ?

— Je confirme, Ann. Nous l'évoquions tout à l'heure dans la cellule de crise à Washington. Ce type de conflit, avec des forces en tension extrême, ne se rencontre qu'en cas de guerre civile, ou de coup d'État. Il faut se rendre à l'évidence : les informations que nous fournit Wang Lijun recèlent un potentiel de déstabilisation du pouvoir politique de Pékin et peuvent être considérées, en conséquence, comme d'une extrême gravité.

— Vous poursuivez l'analyse des documents ?

— Il savait ce qu'il faisait. Chacun des fichiers est de la dynamite en puissance. Tous sont d'une qualité incontestable. Il va falloir des mois, voire des années pour les exploiter en totalité. Les ramifications de ce qu'il nous révèle sont si nombreuses et embarrassantes qu'il sera nécessaire sans doute de créer plusieurs commissions d'enquête top secret, sous l'autorité du Congrès.

— À titre de comparaison, on pourrait considérer qu'il s'agit d'une prise aussi cruciale que la livraison du code Enigma pendant la Seconde Guerre mondiale. » Peter connaît mon passé d'historienne. Enigma était le langage hypercomplexe utilisé par le Reich allemand pour communiquer avec toutes ses forces armées dans le monde. La clé du codage, livrée par un génie des mathématiques, Alan Turing, avait été à l'origine de la victoire alliée.

Je suis stupéfaite : « À ce point ?

— Oui. Mais nous aurons besoin de l'aide de Wang Lijun en bien des points. Ses explications seront essentielles, car même avec des armées d'experts, nous nous perdons dans les méandres de cette structure incroyable. »

Hillary Clinton intervient. Depuis quelques minutes, elle tourne ses lunettes par la branche, entre deux doigts. J'ai le sentiment qu'elle masque de moins en moins son irritation – ce que son ton, très cassant, confirme : « J'aimerais au plus vite un rapport sur l'état de nos connaissances concernant les faits qu'il révèle.

— Vous voulez dire, sur ce que nous savons déjà ?

— Oui. Il me semble que nous avons des services de renseignement avec de très forts moyens sur la Chine. Il me paraît invraisemblable que des éléments aussi graves que la création d'une organisation criminelle à vocation financière basée sur le territoire chinois n'aient pas été identifiés avant la défection d'un de leurs agents, important certes, mais pas d'un niveau assez élevé pour expliquer une opacité complète. »

Petit brouhaha dans les différents sites de la conférence, autant à l'ambassade, à Pékin, qu'au Pentagone et au Département d'État. J'imagine que c'est du côté de la NSA que l'on toussote le plus.

« Il y a bien sûr beaucoup de points sur lesquels nous étions informés : Falun Gong, la guerre interne du Politburo, les *princelings*...

— Je ne vous parle pas de cela, vous vous en doutez.

— Quant au reste... Je vais être franc, je crois que nous étions secs. À notre décharge, Bo Xilai semble avoir monté son dispositif très vite, en quelques mois. Nous allions sans doute en identifier certaines conséquences, dans les semaines ou les jours qui viennent. Wang Lijun nous fait gagner du temps... »

La secrétaire d'État fronce les sourcils. « Ne me racontez pas d'histoires. Nous parlons de 150 000 personnes un peu partout dans le monde, y compris sur le territoire américain. Je veux là aussi une commission d'enquête. Bill, vous allez me mettre ça en place au plus vite.

— La conclusion est toujours la même : il faut que nous cuisinions ce Wang Lijun dans les moindres détails. Ce sera nécessaire pour mettre en évidence nos propres faiblesses.

— Je suis d'accord. Encore faut-il que nous le gardions en vie. La quatrième unité identifiée qui campe à vos portes, Ann, est celle de la police secrète. Et là, ce ne sont pas des poètes. Ils font face au contre-espionnage, et je serais étonnée que les uns ou les autres laissent Wang Lijun tomber aux mains du camp d'en face.

— En clair ?

— Pour tous, un Wang Lijun vraiment inoffensif serait un Wang Lijun mort. Et encore, ils ne doivent pas savoir ce qu'il nous a transmis en guise de cadeau de transfert.

— Le plus simple serait de le sortir de Chine.

— Exact. C'est ce que nous allons négocier. Vous et moi. »

On nous avertit qu'un personnage de haut rang s'approche de notre bâtiment et sollicite l'autorisation d'entrer. La secrétaire d'État m'ordonne d'accepter. Elle demande qu'on le fasse attendre dans le salon numéro 1, celui-là même où, quelques heures plus tôt, avait patienté Wang Lijun. « Ann, je pense que nous allons avoir dans les minutes qui viennent des contacts directs avec l'ambassade chinoise à Washington, voire au sein du Département d'État. Il semble que la délégation en charge de préparer la visite du vice-président Xi Jinping soit en réunion extraordinaire dans ses locaux à DC. Je ne peux croire qu'il n'y ait pas de lien avec ce qui se passe à Chengdu. Nous conservons le mode d'intervention avec micro et oreillette. Faites attention à ne subir aucune rupture de connexion. Si tel était le cas, vous sortez de la salle sans attendre, jusqu'à la résolution du problème technique. Je ne veux pas vous mettre la pression, Ann, mais nous marchons vraiment sur des œufs.

— J'en ai conscience, Hillary. J'y vais. »

Dans mon oreille, dès l'appareil rebranché, je retrouve les conversations croisées entre les différents sites. Je veux que l'on baisse le son, car j'aurai besoin de me concentrer. Je fais un essai micro.

Dans la salle, les caméras de surveillance fonctionnent. Elles montrent l'image de l'officiel chinois en gros plan : c'est un homme d'une quarantaine d'années, en civil, costume occidental, chemise blanche, cravate sombre – détail important, qui fait la différence entre les niveaux de responsabilité. Il est bien coiffé, ses cheveux tenus par de la gomina. Il est près de 8 heures, tout de même. L'homme s'assoit dans un fauteuil et croise les jambes, très calme. Il allume une cigarette, en dépit du panneau d'interdiction juste en face de lui. À plusieurs reprises, il regarde la caméra droit dans les yeux, si je puis dire.

Avant d'y aller, je m'assure du roulement de nos équipes sur place. Je sens que tout le personnel du consulat est sur les dents, inquiet du sort des familles isolées, en ville, et sous une sourde menace. « Oblige à la rotation et au repos. Nous risquons d'avoir encore du sport dans les heures qui viennent. » À Washington, Peter va dans mon sens.

J'entre dans la salle, seule. Xu est restée avec Wang Lijun.

« Bonjour, monsieur. » Je lui serre la main. D'instinct, je sens qu'il convient d'accentuer les postures d'Occidentaux.

« Madame le consul adjoint, je présume ? » Il est bien renseigné, très sûr de lui. Je lui réponds par l'affirmative. Je l'informe que nous sommes sous contrôle micro et que je porte une oreillette, en liaison avec mes autorités. Washington me demande de taire la présence de la secrétaire d'État.

« Parfait, cela simplifiera ma démarche. Je me nomme Chen Heping, je suis délégué du Parti pour les questions d'autorité et d'ordre public de la province du Sichuan.

— Pardonnez-moi d'être aussi directe, mais vous représentez le bureau 610 ? »

Il hausse un sourcil. « Ah, vous me paraissez bien connaître notre pays, madame le consul. Je vous félicite. Il se trouve en effet que j'ai fait partie du bureau 610, au niveau supérieur. Mais je suis ici surtout en tant qu'adjoint du maire de Chongqing, Huang Qifan.

— Je suis très honorée. »

Il jette sa cigarette par terre et l'écrase sous son soulier droit.

« Trêve de politesses, madame. Un de nos fonctionnaires s'est égaré par erreur dans votre consulat. Nous exigeons qu'il quitte ces locaux et qu'il puisse retrouver au plus vite la chaleur de son foyer.

— Pardon, mais je comprends mal votre expression. Je suppose qu'il est clair pour vous que le fonctionnaire dont vous parlez – je présume que c'est le même que celui qui est arrivé ici cet après-midi – est venu de son plein gré et reste ici par sa propre volonté. Il va de soi, monsieur Chen, que nous ne retenons pas cette personne, pas plus qu'aucun citoyen chinois, à l'intérieur de nos locaux, qui sont, vous ne pouvez l'avoir oublié, considérés comme partie intégrante du territoire américain.

— Nous le savons bien, madame. »

J'ai pris l'ascendant. Fondamental dans une négociation avec les Chinois.

« Bien. Ce premier point acquis, il faut que vous m'expliquiez le pourquoi des forces armées stationnées devant notre bâtiment ; elles nous paraissent à tout le moins avoir adopté une attitude d'intimidation ne correspondant en rien aux relations cordiales qu'entretiennent deux puissances de la dimension des États-Unis d'Amérique d'une part, de la Chine d'autre part. » Je le regarde dans les yeux, moi aussi, et mon ton a dû monter sans que j'y prête attention. J'entends « Garde ton calme » dans mon écouteur, c'est la voix de Peter.

« Nous dirons, madame, que le dispositif déployé au-dehors du bâtiment, sur la voie publique, et donc en territoire chinois, pour reprendre vos propres termes, n'est en rien dirigé contre vous. Il n'a d'autre but que de récupérer ce fonctionnaire précieux, pour lequel nous nourrissons les plus vives inquiétudes.

— C'est-à-dire ?

— Il semblerait, comme nous l'a confirmé sa famille, qu'il soit surmené. Il a changé de fonctions il y a peu, et nous craignons, étant donné ses exceptionnels états de service, qu'il ne subisse un contrecoup en raison des tensions accumulées depuis des années. »

J'ai bien compris l'allusion à la famille. Je crains pour Wang Lijun qu'il n'ait pas bien sécurisé ses arrières.

« Monsieur Chen, quand un citoyen de cette terre décide de se rendre sur le territoire américain et qu'il y est admis par nos services, il est alors, de fait, sous la protection des États-Unis d'Amérique.

— Ce qui signifie, dans le cas qui nous occupe ?

— Que cette personne, étant venue selon nous sans y être obligée, pourra demeurer chez nous aussi longtemps qu'elle le souhaitera. Ce n'est que si elle manifeste la volonté expresse de sortir qu'elle le fera en toute liberté. Telle est la règle de la plus grande, de la plus puissante démocratie du monde. »

Mon interlocuteur pince les lèvres.

« Cette réponse est fâcheuse, je ne vous le cache pas...
— Elle est validée par mes autorités, je vous le confirme.
— Je voudrais m'entretenir en personne avec ce fonctionnaire, si vous le voulez bien. J'ai été chargé par mes propres autorités de vérifier son état de santé *de visu*.
— Je vais le lui proposer. Mais nous ne le contraindrons en rien. S'il refuse de vous voir, je serai désolée de ne pouvoir accéder à votre demande.
— J'espère que vos autorités écoutent ce que je dis maintenant : il pourrait en résulter une crise très dommageable entre nos deux pays. Je crains d'ailleurs que notre vice-président, qui doit visiter le vôtre dans quelques jours, n'en soit affecté au point de ne pouvoir se rendre sur votre territoire.
— Mes autorités l'ont bien compris, mais elles ne changent pas une virgule à ce que je viens de vous affirmer.
— Bien, nous allons voir. En attendant, je vous serai reconnaissant de bien vouloir remettre cette lettre à notre fonctionnaire. Je vous précise qu'elle est codée, ce qui est normal, concernant les éléments que nous venons d'évoquer. »

J'ai un bref moment d'arrêt. Je souris en le regardant : rien dans notre conversation ne justifiait un codage de document. Il était question de surmenage d'un homme ayant perdu quelque peu ses esprits.

« Je vais la lui porter. En ce qui nous concerne, nous codons assez peu les ordonnances médicales, monsieur Chen. En attendant, étant donné les forces militaires qui sont stationnées au-dehors de ce bâtiment, je vous demanderai de ressortir. Vous

159

voudrez bien me donner vos coordonnées afin que je vous rappelle pour vous informer des décisions de M. Wang. » Il ne cille pas lorsque je prononce ce nom pour la première fois. Je me lève ; il fait de même sans un mot. « Nos gardes vont vous raccompagner à la sortie. »

Il me tend une carte où est inscrit un numéro de téléphone. Je la mets dans ma poche.

« Ah, j'oubliais, monsieur Chen. Si vous devez revenir dans ce bâtiment, je vous serai reconnaissante de respecter le règlement américain et de ne pas fumer dans les locaux. »

« Tu as été très, très bien, me dit Peter.

— Merci. Je crois que je dois remettre à Wang Lijun la lettre qui lui est destinée. » Je confie l'enveloppe à nos services afin qu'ils en fassent une copie et la communiquent au Chiffre à Washington.

« Le mieux serait de proposer à Wang Lijun lui-même de nous aider à en percer le contenu. »

Toutes les voix de nos différents sites parlent à la fois ; les événements se précipitent.

« Nous y sommes : deux demandes d'audition extraordinaire viennent de nous arriver, à Washington et à Pékin.

— Ici l'ambassade à Pékin. La sollicitation officielle qui vient de nous être transmise requiert une rencontre avec l'ambassadeur, en urgence absolue. Madame le secrétaire d'État quelle réponse donnons-nous ?

— Gagnons du temps. Ann, dépêchez-vous de retourner auprès de Wang Lijun. Je vais devoir m'éclipser à certains moments : le président exige un point en personne. Le vacarme provoqué par cette affaire devient préoccupant. Au cours des prochaines heures, les décisions seront prises à la Maison Blanche. Il est probable que nous établirons dans quelques instants une liaison complémentaire. »

Des circonstances extraordinaires de ce type ne peuvent être anticipées. Je me regarde fonctionner avec étonnement. Je crois qu'il est impossible de savoir à l'avance quelle réaction on aura en face d'une situation réelle de danger : impossible de savoir si vos jambes seront les plus fortes et vous pousseront à courir et à fuir au plus vite, ou si, au contraire, votre cerveau, vos valeurs prendront l'ascendant sur tout le reste, y compris sur l'instinct de survie. Après avoir accepté ma nomination ici, j'ai décidé de demeurer dans cette carrière, en en assumant les vexations, en serrant les dents. Cette nuit, je me dis que je ne le regrette pas et que je suis plutôt rassurée sur mes capacités à encaisser les chocs.

Ce satisfecit me traverse l'esprit durant les trente secondes où je monte l'escalier. Je mange les barres énergétiques que l'on me tend, avale une boisson revitalisante. Je mâche avec lenteur, tout en écoutant les comptes rendus de mes différents collaborateurs sur les points techniques. Xu est entrée dans la salle où se trouve Wang depuis une trentaine de minutes. Je demande à mes veilleurs ce qui s'est passé en mon absence. « Pas grand-chose : Wang s'est allongé sur le sofa, il a sommeillé un peu. Ils ont échangé quelques mots, dans leur patois, personne ne le comprend ici. »

Je sursaute. « En mongol, vous êtes sûrs ?

— C'est ce qu'ont dit nos interprètes. Même à Pékin, ils ne comprennent pas tout. Il paraît que c'est du mongol de village. »

Je gronde : « Il fallait l'empêcher de continuer, l'obliger à reprendre en mandarin.

— Ne vous inquiétez pas, c'étaient juste quelques mots, trois ou quatre phrases, rien de plus. Vous verrez les images, il lui demandait de l'eau et un biscuit. »

Je rentre dans la salle. L'atmosphère est si tendue que j'ai les nerfs à fleur de peau. Je respire un grand coup. « Calme-toi », me dis-je à mon tour.

Wang Lijun le remarque : « Mauvaises nouvelles, madame le consul ? »

J'en oublierais presque qu'il risque sa peau. Il doit penser que si je fais la tête, c'est qu'il est en danger – d'ailleurs, ce n'est pas faux.

« Pas mauvaises en tant que telles, mais en bas il y a des gens qui tiennent à vous récupérer. »

Je lui tends l'enveloppe. Il la décachette, sans se presser, en évitant de déchirer les bords. Avant de sortir la feuille qu'elle contient, il marque un temps d'arrêt. S'il était américain, je jurerais qu'il prie. Avant de lire, il réessuie ses lunettes. En parcourant le texte, il hoche la tête à plusieurs reprises.

« Vous n'avez pas de problème pour déchiffrer le code ?

— Aucun : il n'est pas compliqué. Le contenu est tout aussi clair.

— Que vous disent-ils ?

— De me rendre, de ne pas trahir, de penser à ma famille et aux souffrances qu'elle endure, aux souffrances bien pires encore qu'elle endurerait si je ne devais pas revenir. Ai-je besoin de vous traduire les sous-entendus lourds de sens ?

— C'est inutile, en effet. Si vous ressortez d'ici, vous serez tué, n'est-ce pas ?

— Vous avez pu mesurer la nature des informations que je détiens. Bo Xilai et Zhou Yongkang ont décidé depuis longtemps de m'éliminer, c'est la raison pour laquelle je me suis résolu à vous rejoindre. En revanche, les autres clans, et surtout celui du président Hu Jintao, ont intérêt à me conserver dans un endroit tranquille, au frais, jusqu'à l'élimination de leurs ennemis. À ce moment-là, ils auront plus encore que les autres les meilleures raisons du monde de m'enterrer avec les secrets que je porte. Mon choix se limite donc à l'échéance plus ou moins rapide de ma mort prochaine...

— Ce qui est au fond le problème de tout être humain. »

Il me sourit. « C'est vrai, à ceci près qu'en ce qui me concerne, la mort viendrait toujours par une main inamicale. Une autre main, protectrice, m'est donc nécessaire pour retrouver la normalité de la condition humaine.

— D'où votre présence ici. »

Il sourit encore, tout en agitant l'index – signe chez lui, je commence à le comprendre, d'une excitation relative.

« Oui, avec aussi, je vous le rappelle, la haute mission de préserver l'idéal de ma communauté, de mon pays, la philosophie supérieure que nous avons développée. Vous autres, Occidentaux, êtes rétifs à cette élévation d'esprit. Vous résumez les actes à leur explication égoïste. Pourquoi voudrais-je sauver ma peau aujourd'hui ? Elle est déjà vieille, et j'ai eu bien des chances. J'ai accumulé plus de satisfactions que je n'en aurais jamais rêvées. La fin pourrait être opportune, un accomplissement, si mon destin se fondait dans celui, bien plus essentiel, de mon peuple, de mon pays. Mais ce que je sais m'oblige à vivre, car j'aurai beau vous fournir toutes les données du monde, je serai toujours l'indispensable mode d'emploi. Or il vous faut les exploiter. J'insiste, il le faut, pour vous peut-être, pour nous surtout. Il faut arrêter une machine infernale susceptible de se transformer en matrice des grandes tragédies du futur.

— Vous nous considérez comme un simple vecteur, n'est-ce pas ?

— Rien de plus, c'est vrai, mais un vecteur peut être essentiel. Pour être honnête, vous étiez mon second choix : j'espérais être accueilli par le consulat britannique, parce que j'étais persuadé qu'ils m'aideraient, non pas à survivre, mais à enrayer le processus infernal.

— Êtes-vous convaincu que nous pourrons jouer le même rôle ?

— Je le suis, grâce à vous, madame le consul, grâce à ces heures que nous avons passées face à face. »

Cette déclaration est étonnante si l'on songe qu'elle se déroule devant les caméras et en présence d'une foule de témoins notant chaque mot qu'il prononce. Xu s'agite un peu, près de moi. Ne sachant quoi répondre, je souris à Wang – notre vrai moyen « humanisé » d'échanger l'un avec l'autre.

« C'est pourquoi, madame le consul, je vous demande de transmettre à vos autorités ma demande officielle et solennelle d'asile politique aux États-Unis d'Amérique. »

D'instinct, je me tourne vers l'écran de Washington. La secrétaire d'État est revenue. Elle se penche et demande à l'interprète de répéter. Elle aussi esquisse un sourire, bien plus mécanique, très diplomatique, qui disparaît vite de ses lèvres.

Je respire un grand coup : « L'asile politique ? Monsieur Wang, nous ne sommes plus à l'époque de la guerre froide.

— Vous avez raison, madame. Nous allons sans doute vers une guerre bien plus brûlante, je le crains, où les camps ne seront pas nets, où les pays, les gouvernements seront les otages de puissances occultes qu'il sera bien difficile de combattre. Je vous demande l'asile politique afin de pouvoir contribuer, avec mes modestes moyens, à la lutte qu'il faudra engager au plus vite.

— Mesurez-vous bien la signification de cette requête ? Vous pourriez être séparé de votre famille pendant une très longue période, les vôtres pourraient être inquiétés, vous pourriez vous trouver en errance pour le reste de votre vie. Pardonnez-moi de vous poser la question de manière aussi abrupte, mais avez-vous songé que vous pourriez ne jamais revoir votre pays ? L'exil est une souffrance qui se réinvente à chaque instant, je vous l'assure.

— Oui, madame, j'ai bien réfléchi à tout cela, depuis longtemps, et avant de venir ici. Voyez-vous, la démarche dans laquelle je me suis engagé est sans retour. Je brûle les ponts derrière moi, comme toujours en pareil cas, autant pour empêcher mes ennemis de me rattraper que pour me soustraire à la tentation du retour en arrière. Madame le consul, il m'a fallu des jours et des jours de réflexion pour me résoudre à ce que je fais aujourd'hui. Il a fallu aussi, j'en conviens, les signes irrémédiables envoyés par ceux que j'avais servis pour achever de me convaincre qu'il n'était pas d'autre voie – à moins de se laisser égorger sans révolte, comme un cochon conduit à l'abattoir par ceux qui l'ont fait grandir. Je n'ai jamais eu de grande mansuétude pour les faibles, les mous, les victimes désignées. Je préfère ceux qui se battent, qui jusqu'à leur dernière extrémité chercheront à infliger la blessure mortelle à qui aura eu l'impudence de les défier.

— Nous l'avons perçu, soyez-en assuré. Cela étant, l'asile politique entre deux pays comme les nôtres est, vous le savez, une procédure technique d'une grande complexité. Nous allons côtoyer sans cesse une zone ultrasensible. Il ne fait pas de doute que nous serons prêts à donner suite à votre demande, mais pour cela il nous faudra déjouer un grand nombre d'obstacles successifs. »

Il ferme les paupières, opine plusieurs fois, se carre un peu plus dans son siège, comme s'il se préparait déjà à une très longue attente.

Une voix du Département d'État m'interpelle. Je sursaute, le volume sonore a été augmenté de manière délibérée, mais surtout, à l'opposé de notre procédure depuis le début de l'affaire, on me parle en anglais. « Ann, s'il vous plaît, il serait nécessaire que vous sortiez tout de suite. Nous souhaitons faire un point à huis clos. »

L'image de Washington s'éteint et laisse place à un écusson du Département d'État flottant sur fond bleu. Xu me regarde, les sourcils froncés. Elle me demande en chinois ce que je compte faire. Je lui réponds en anglais de m'attendre et de ne prendre aucune initiative sans mon autorisation. Wang Lijun pose ses mains l'une sur l'autre. Il me regarde et son attitude semble soudain résignée, comme s'il était fatal que les choses évoluent de la sorte. Il me sourit encore. J'aurais envie de démentir, de le rassurer, de protester. Après tout, j'ignore encore pourquoi ils veulent me parler.

Tom, le responsable des communications sécurisées, m'entraîne vers une petite pièce isolée. « Ils m'ont demandé en urgence une liaison exclusive avec vous. Je vous ai installée dans le bureau muet. »

La porte blindée se referme derrière moi.

Dès que j'apparais devant la caméra, Peter m'entreprend : « Ann, tu te doutes de la raison pour laquelle nous avons cet entretien privé. Il n'est pas sûr que nous puissions accéder à sa demande.

— Tu traduis, s'il te plaît ?

— Tu m'as bien compris, voyons !

— Je comprends que je vais le raccompagner à la porte, en lui disant "Merci d'être passé, bien le bonjour chez vous". Et il sera pris en charge par les sbires qui ont mis le siège devant ce consulat, puis sans doute liquidé dans les jours qui viennent.

— Arrête, tu sais que ce n'est pas si simple.

— C'est très simple, au contraire ! Le message envoyé à la planète entière est clair. Désormais, les États-Unis ne peuvent plus se permettre de protéger ceux qui leur demandent assistance, surtout quand un petit étalage de force nous impressionne au point d'être tétanisés, je suppose par la frousse. C'est bien ce que je dois comprendre, Peter ? Nous faisons dans notre culotte devant cinq automitrailleuses et un futur président qu'il faut caresser dans le sens du poil. » La fatigue et la tension accumulées me libèrent des préventions habituelles ; je ne me contiens pas, et une rage froide continue de monter en moi.

« Putain, Ann, tu es une diplomate au service de ton pays, je suis très surpris de devoir te le rappeler.

— Va te faire foutre, Peter. Tu veux vraiment savoir quel est le souci principal de mon pays ? Le placement de ses saloperies de milliards en bons du Trésor pour les dix prochains mois. Oui, je suis désolée de te rappeler que toi et moi sommes dans l'instant présent surtout aux ordres d'un foutu taux de chômage qu'il faudra faire baisser avant les élections. Voilà la vraie raison pour laquelle nous allons laisser Wang Lijun se faire flinguer.

— Arrête, Ann, je t'ordonne de la boucler, tu outrepasses la liberté que nous avons établie entre nous dans l'exercice de nos fonctions respectives.

— Peter, mes fonctions, comme tu dis, je les exerce dans le code de l'honneur de mon pays. Et, que je sache, ceux qui nous ont précédés ont toujours placé l'idéal de notre nation au-dessus de tout le reste.

— Dois-je te rappeler que Wang Lijun est un criminel ? Qu'il n'a pas grand-chose à envier aux bourreaux de la pire espèce ayant organisé de véritables génocides ?

— Mais je m'en fous de Wang Lijun ! Je sais très bien quel genre d'homme il est, j'ai regardé ses vidéos avec toi, je te le rappelle. Et je l'ai en face de moi, à vingt centimètres, au point d'en avoir la nausée, de son haleine fétide et de son regard de pervers. »

Peter tente d'atténuer la tension de l'échange : « Tu m'a fait peur, je commençais à me demander si tu n'étais pas tombée amoureuse de lui, une sorte de syndrome de Stockholm...

— Arrête, je t'en donnerai, des syndromes de Stockholm ! Ce type est de l'or massif pour nos services, tu le sais aussi bien que moi. »

Les écrans se rallument les uns après les autres. Je me doute que tout ce beau monde a suivi le détail de notre échange. Je les brave, le menton haut. « Je ne retire pas un mot de ce que je viens de dire, mesdames et messieurs.

— Vous avez la colère volubile, Ann. » La secrétaire d'État pianote sur la table devant elle. « Nous n'avons pas quinze jours devant nous. Nous ne vous avons pas dit que l'asile politique était refusé, juste qu'il était à l'étude et qu'il n'était pas certain que la conclusion soit positive. Quant aux renseignements que peut nous apporter ce monsieur, ils sont contenus pour l'essentiel dans les disques durs qu'il nous a transmis.

— Madame, nous l'avons nous-mêmes souligné : lui seul a la capacité de traduire ces masses de données, dont l'importance pourrait s'avérer capitale, non seulement dans les années ou même les mois, mais dans les jours qui viennent. De surcroît, vous n'imaginez pas la popularité de cet homme auprès des Chinois. C'est une star de la télévision, un héros de la vraie vie, une incarnation de la Chine éternelle. En l'accueillant, nous pourrions en retirer un immense prestige psychologique vis-à-vis de l'opinion publique locale. S'il était une information susceptible d'enflammer Sina Weibo, le Twitter chinois, ce serait bien de récupérer un transfuge de ce calibre. »

J'ai retrouvé mon calme, mais je sens toujours mes joues empourprées. Je sais que je vais au-delà de ce qui m'est permis, je sais que je suis en train de perdre tous les points reconquis depuis le début de l'épisode Wang Lijun.

Le ton de la secrétaire d'État se fait de plus en plus glacial. « Merci, Ann, de nous donner votre opinion. Néanmoins, vous ne disposez pas de l'ensemble des éléments permettant de définir la stratégie des États-Unis. Contentez-vous, je vous prie, de ne pas ajouter une difficulté supplémentaire à la situation compliquée que nous devons gérer.

— Bien, madame. » J'ai compris que le temps des effusions était passé. La hiérarchie est de retour, on fait rentrer dans le rang les plus récalcitrants. Il me semble que je ne sortirai pas indemne de cette affaire. Je compterai sans doute parmi les nombreuses victimes collatérales et anonymes de Wang Lijun. « Quelles sont vos instructions pour la suite ? »

Peter reprend la parole : la secrétaire d'État ne s'adresse plus en direct à une vice-consul rétive d'un vague coin reculé de l'empire. « Ann, l'objectif numéro un est d'éviter à tout prix le moindre incident pendant la visite du vice-président chinois à Washington. Il faut déminer en urgence, régler coûte que coûte ce bazar.

— Régler coûte que coûte suppose que j'expulse Wang Lijun tout de suite ?

— N'utilise pas cette terminologie stupide, Ann. Nous n'expulsons personne, Wang Lijun est chinois, il est dans son propre pays.

— Non, il est dans notre consulat, en territoire américain, comme nous le disions il y a deux heures.

— Bref. » Peter aussi commence à être tendu. La fatigue doit se faire sentir également là-bas. « Les instructions sont les suivantes : il va falloir jouer serré. Poursuivre l'entretien aussi longtemps que possible, Wang Lijun ayant peut-être d'autres informations majeures à nous donner. Et mener les négociations avec les Chinois en leur faisant comprendre que notre plus grand souhait est d'aboutir à une solution amiable, que nous ne voulons en aucun cas entrer dans une phase d'opposition violente.

— Compris.

— Les gardes du rez-de-chaussée nous avertissent qu'un officiel chinois sollicite l'entrée. Reçois-le, nous restons en contact, et ne prends aucune initiative sans nous en référer.

— Je te rappelle que j'ai l'oreillette et le micro. Il n'est pas dans mes intentions de les couper. La seule chose que je vous demande est de ne pas me parler tous ensemble : j'ai besoin de me concentrer.

— Pas de problème. Je vais devenir ton seul interlocuteur. Nous reprendrons les émissions simultanées si tu reviens en salle d'interrogatoire. »

Je claque la porte en sortant. Tom ne dit rien ; il m'attend auprès d'une Xu muette et tendue. Ils m'accompagnent en bas. L'officiel annoncé se tient dans le vestibule, les mains dans le dos. Il est introduit dans le salon d'attente.

« Bonjour, madame. Je désire rencontrer M. Wang en personne.

— Si M. Wang l'accepte, nous n'y voyons pas d'inconvénient. En revanche, nous exigeons d'être présents à cet entretien. »

Dans l'oreillette, Peter me glisse : « S'il refuse, couche-toi. »

Le Chinois fait une grimace, fronce les sourcils et finit par lâcher : « C'est d'accord. »

Nous remontons l'escalier.

« Ann, la secrétaire d'État souhaite que ce soit Xu qui mène la suite de l'entretien avec Wang Lijun.

— Je ne dois plus y assister ?

— Si, bien sûr, mais tu seras davantage en supervision, et elle sera plus à l'aise pour mener la conversation en mandarin.

— Ça va, Peter, ça va, je ne suis pas neuneu. Dis bien à ceux qui t'entourent, à Washington ou à Pékin, que nous allons faire ce que nous pouvons. Que j'aimerais donner la garantie à nos équipes ici que nous n'allons pas subir un assaut dans les prochaines heures ou que nos familles ne vont pas faire l'objet de chantages plus ou moins odieux. Et dis-leur aussi que si vous avez une solution de rechange, n'hésitez pas : je ne tiens pas plus que cela à rester sur la ligne de front. »

Dans mon oreillette, je reconnais la voix de la secrétaire d'État.

« Ann, c'est Hillary. Bon, reprenons nos esprits. Je vous l'ai déjà dit : vous faites du bon boulot depuis le début de cette histoire de fous. Votre exigence d'assister à la négociation avec Wang Lijun était excellente. Nous devons conserver le contrôle total. Nous allons tester Pékin, dites à Wang Lijun qu'a priori vous allez lui accorder ce qu'il demande, tout en lui laissant comprendre que nous ne pouvons lui donner aucune garantie pour le moment. Ensuite, vous balancez l'information aux Ostrogoths d'en bas, avant leur fameux entretien. Cela étant, laissez votre adjointe prendre le relais dans la conversation. Et de grâce, n'y voyez pas l'ombre d'une sanction ! »

On me l'avait dit, je le confirme : cette femme-là est exceptionnelle dans la gestion des hommes et des événements. Son changement de ton est perceptible, il me redonne un coup de fouet. Et je suis concentrée comme jamais, n'ayant plus qu'un objectif : ne pas commettre d'impair.

Wang Lijun a les yeux fermés, les mains à plat sur le ventre. J'ai expliqué à Xu ce que l'on attendait d'elle. C'est elle en conséquence qui expose :

« Tout d'abord, votre demande d'asile a été transmise au président Obama, le décideur final, étant donné votre profil et l'importance de votre pays dans notre politique étrangère. Madame le consul y est très favorable à titre personnel... »

Je fais un signe d'assentiment. Le regard de Wang va d'elle à moi, puis il scrute l'écran en plissant les paupières. J'ai cru déceler en lui une lueur d'amusement liée à notre nouvelle façon de converser avec lui. Mais je dois me tromper, l'heure est si grave le concernant.

« Acceptez-vous de négocier avec la personne qui vous attend dans notre salon ? reprend Xu. Sachant que nous comptons l'informer de votre demande d'asile politique et que nous avons exigé d'assister à l'entretien. »

Wang Lijun hoche la tête, concentré, et me jette un coup d'œil après les deux dernières informations.

J'interviens : « Vous pensez que vous pourriez courir un risque vital dans le cadre de cette rencontre ?

— Oui, bien sûr, ce serait possible. Je vous l'ai signalé, Bo Xilai songeait à trois solutions pour m'éliminer. L'une d'entre elles consistait en une simulation d'un accident de santé. Vous savez comme moi que rien n'est plus facile qu'imiter une crise cardiaque. Oui, je pourrais avoir un gros malaise en face du négociateur, c'est pourquoi je vous remercie d'avoir pris la précaution d'étendre votre protection rapprochée. » Il me sourit encore, comme s'il se moquait un peu de mes pauvres moyens.

« Xu et moi serons accompagnées de trois gardes armés, ne vous inquiétez pas...

— Je n'en doutais pas. En l'occurrence, je ne crois pas avoir trop à craindre. La personne qui m'attend n'est pas un 426. » Il rit.

Xu traduit :

« Le 426, ou *bâton rouge*, le grand officier d'une triade en charge des arts martiaux, maîtrisant en général toutes les manières possibles de tuer un être humain.

— Vous le connaissez ?

— Je le connais même très bien. Il s'agit de Kong Tao. Ce n'est pas n'importe qui, Pékin m'envoie des gens importants. Kong est surtout connu pour être le filleul de Zhou Yongkang, notre bien-aimé patron du 610 au Politburo.

— Vous acceptez de discuter avec lui ?

— Oui. Néanmoins, je souhaite poursuivre encore quelques minutes la conversation avec vous. Il me semble important de vous fournir un renseignement capital.

— Nous ne l'avons pas encore évoqué ?

— Non, pas encore. Il s'agit pourtant de l'une des révélations les plus essentielles que je puisse vous faire. Je n'étais pas sûr d'aller jusqu'à ce degré de précision. Il est évident que ce qui m'y décide est votre attitude loyale envers moi, que, madame le consul, j'apprécie à sa juste valeur, je vous le garantis. »

Il me fixe droit dans les yeux. Je ne bouge pas. Garder le contrôle, Hillary, garder le contrôle. J'ai votre expression vrillée dans la tête.

Sur l'écran de l'ambassade, à Pékin, on demande la parole : « Nous suggérons de reprendre l'entretien ensuite. Étant donné la tournure prise par les événements à l'extérieur du consulat, nous serions partisans de descendre négocier sans attendre. Il est important que nous puissions préparer les conditions opérationnelles de votre sortie du territoire chinois. Pour l'heure, la logistique n'est pas prête. Elle sera délicate et supposera un certain nombre d'autorisations de la part de vos autorités, qu'il s'agira sans doute de monnayer une à une. »

Je joue le jeu à fond : « Ce que vous voulez nous expliquer ne peut attendre que vous arriviez aux États-Unis ?

— Non. Je vous fournirai des suppléments d'information par la suite, mais il est capital que vous en preniez connaissance dans les prochaines heures. Je crois cependant que vous avez raison. Il est préférable que je me rende à la rencontre de Kong Tao. Peut-être me donnera-t-il à son corps défendant quelques éléments nouveaux sur ce que je veux évoquer avec vous au plus vite.

— Nous souhaitons informer ce monsieur de votre demande d'un statut de réfugié avant que votre entrevue ne commence. »

À nouveau, quelqu'un veut prendre la parole sur l'écran ; cette fois, il s'agit du Pentagone. Un officier nous informe : « Nous confirmons que la personne en charge de la négociation est bien Kong Tao. Il fait partie de la cellule déléguée par la présidence chinoise pour traiter en urgence à Chengdu. »

Wang Lijun intervient : « Est-il possible de savoir combien d'officiels ont été mandatés ?

— A priori, nous en avons identifié sept. Il semble qu'ils soient arrivés par le dernier vol régulier en provenance de Pékin. L'homme qui tout à l'heure est entré le premier dans le consulat n'en fait pas partie. Lui serait bien lié au maire de Chongqing, qui serait sur les lieux en personne. D'après les observations visuelles, il semblerait que Kong Tao soit l'officiel de plus haut rang sur le terrain des opérations. En tout cas, il a obtenu plusieurs mouvements de troupes de la part de la police et de l'armée.

— C'est normal : son lien avec le bureau 610 lui confrère une position privilégiée. Je pense que le président Hu Jintao n'a d'autre choix que de gérer la situation de concert avec Zhou Yongkang. J'imagine qu'ils cherchent à savoir ce que j'ai pu vous transmettre.

— Vous allez le leur dire ?

— Il s'agit de mon passeport pour un quart d'heure de vie supplémentaire. Je me suis construit ma protection personnelle avant de venir ici. Je l'appelle ma pustule de crapaud, car elle pourrait empoisonner ceux qui auraient la mauvaise idée de me tuer. En réalité, je l'avais préparée depuis plusieurs mois. Il s'agit d'informations ultrasensibles, comparables à celles que je vous ai fournies, qui seraient offertes aux ennemis de ceux m'ayant attaqué.

— Quand pourrons-nous y avoir accès ?
— Quand je serai en sécurité complète, où vous voulez dans ce vaste monde. »

Il me fixe à nouveau. Je lui demande : « Et quelle forme a votre fameuse pustule de crapaud ?

— La forme d'un coffre secret dans une banque d'Extrême-Orient. Un coffre contenant le septième et le huitième disques durs. »

« Bonjour, monsieur Kong. »

L'homme s'est levé et figé dans une attitude pour le moins raide. J'ai le sentiment de le surprendre du tout au tout.

« Rebonjour, madame. Ainsi, vous m'avez identifié ?

— Wang Lijun l'a fait pour nous. Il nous a d'ailleurs éclairés sur de nombreux points que nous ignorions jusqu'à aujourd'hui. C'est la raison pour laquelle nous avons décidé d'accéder à sa demande du statut de réfugié politique ; à ce titre, il souhaite faire l'objet d'une évacuation protégée, en vue d'être rapatrié aux États-Unis d'Amérique. »

Le Kong Tao en question accuse le coup. Je note que sa grimace est assez proche de celle de Wang Lijun quand il est contrarié – une sorte de réflexe professionnel, sans doute.

« Je pense ne pas trahir l'opinion de mon gouvernement en vous demandant de réfléchir à cette décision. Elle me paraît assez inadéquate en de telles circonstances.

— Pourquoi ces réticences ?

— M. Wang est un officier de police très estimé dans notre pays. Il serait fort malvenu de le voir émigrer à l'étranger, alors qu'il est considéré par mon peuple comme un véritable héros. Vous comprenez, cette... défection pourrait être considérée, à tort j'en conviens, comme une sorte d'enlèvement.

— Nous ne le lui avons pas proposé : il nous a sollicités, il vous le confirmera d'ailleurs de vive voix dans un instant. Cela étant, si vous pensez que c'est préférable, nous pouvons convoquer les télévisions internationales. Il pourrait expliquer son désir de départ dans une conférence de presse où nous laisserions les journalistes lui poser toutes les questions imaginables. » Mon interlocuteur ne me paraît pas seulement intelligent, mais il maîtrise parfaitement ses nerfs.

« Non, la publicité faite à cette malheureuse affaire, en grande partie privée, nous semble très excessive. Il n'y a aucune raison d'en accentuer encore le caractère démesuré, n'est-ce pas ?

— Je ne sais pas si l'expression convient. Wang Lijun s'estime en danger de mort, ce n'est pas anodin, de notre point de vue. D'autant que cette menace sur sa vie, nous dit-il, provient d'informations de première importance qu'il détient, du fait des différentes fonctions qu'il a exercées sous les ordres de M. Bo Xilai. »

Le nom provoque un fléchissement presque imperceptible.

« Pouvez-vous me préciser la teneur des informations qu'il vous aurait livrées ?

— Bien sûr que non. Elles sont trop nombreuses et sont en outre considérées par M. Wang comme sa meilleure garantie de survie. Nous avons tout lieu de penser qu'il pourrait avoir raison, au vu de ses révélations. »

Kong Tao serre les lèvres, ferme les poings. Vraiment amusant : toujours des attitudes similaires à celles de Wang Lijun. J'avoue éprouver un certain plaisir à voir ce monsieur se liquéfier peu à peu.

Il tente une parade. « Il est de mon devoir de vous mettre en garde : Wang Lijun est très fatigué par les immenses responsabilités qu'il assume depuis plusieurs années. La lutte qu'il a menée contre le grand banditisme a occasionné une terrible tension nerveuse, et sa démarche ici semble relever d'une forme de dépression, d'attitude inconsidérée ressemblant très peu à son passé exemplaire.

— Que devrions-nous en conclure ?

— Il est probable qu'une grande partie de ce qu'il a pu vous dire procède de l'affabulation. Nous le déplorons. Nous l'avons constaté depuis quelque temps, d'ailleurs vous devez savoir qu'il avait été jugé préférable de lui attribuer de nouvelles fonctions, moins stressantes, plus adaptées à son état de fatigue extrême...

— Pardonnez-moi, mais il ne nous est pas apparu aussi atteint. Bien entendu, nous l'avons fait suivre depuis son arrivée par un médecin. » Au passage, je me dis que nous ne l'avons pas réexaminé, erreur dont je suis responsable et à laquelle je vais remédier dès ma sortie de la pièce. « Un médecin certes américain, mais très bon tout de même. » Réplique typique de la guerre froide : j'ai l'impression d'être à Moscou aux plus belles heures de la tension Est-Ouest. En guise d'estocade, je lance : « Et surtout, les informations de M. Wang n'étaient pas seulement des descriptions orales... »

Kong Tao se racle la gorge plusieurs fois, expression, je suppose, d'un malaise intense. J'aurais bonne mine si c'était lui qui s'effondrait au milieu de la pièce.

« Pas seulement orales ? » Il doit avoir un vague espoir que ma maîtrise du chinois soit déficiente.

« En réalité, il les a complétées, de manière très abondante. Il nous a fourni une grande quantité de documents, sous forme de vidéos, de photographies, d'écrits divers et variés. Je peux vous certifier que l'ensemble est très cohérent avec son discours.

— Je n'en doute pas, je n'en doute pas. » Il réfléchit quelques secondes. Et, comme si le jeu d'apparences avait assez duré, il change de ton : « Bien, je crois vraiment qu'il est important que je rencontre Wang Lijun au plus vite. »

Je ne suis pas opposée au principe des cartes sur table. Je ne prise que très peu les faux-semblants.

« Je vais le faire appeler. Ne vous faites pas d'illusion : je crains qu'il soit difficile de le faire changer d'avis. Il est déterminé.

— J'imagine. Mais je peux lui donner des garanties pour lui et sa famille. Ces éléments nouveaux sont susceptibles de modifier sa perception générale de la situation.

— Je lui ai transmis votre demande. Il a accepté et va descendre. En tant qu'hôtes neutres de cette... controverse, nous tenons à demeurer présents lors de l'entrevue. Il va de soi que nous n'y participerons pas. Nous ne ferons que l'assister s'il en avait besoin.

— J'aurais préféré une rencontre en tête à tête. » Il me regarde avec insistance. « Je comprends qu'elle n'est pas possible ; alors allons à l'essentiel.

— Nous le faisons descendre. Le mieux est de rester dans cette salle. Nous avons assez de sièges pour les uns et les autres.

— Le temps qu'il arrive, je donne quelques instructions à mes hommes, dehors. »

Je n'ai pas besoin de précisions : je me figure très bien le rapport qui doit remonter au plus vite à Pékin. Non seulement l'affaire n'a pas fini de faire des vagues, mais elles auraient tendance à grandir. Tendance tsunami.

Je n'ai pas dormi depuis plus de vingt heures. Un cordon serré de soldats a été constitué autour du bâtiment. A priori, le clan de Kong Tao a pris le contrôle de la situation. Les autres sont cantonnés en périphérie, même si les diverses forces croissent d'heure en heure. On jurerait que la montée des tensions va déboucher sur un affrontement réel, par exemple entre l'armée et la police de Chongqing.

« Ann, nous enregistrerons la totalité de ce qu'ils pourront se dire. Laissez-les parler au maximum : nous voulons savoir ce qu'ils ont dans le ventre, quels sont les plans des uns et des autres.

— Et notre position vis-à-vis de Wang Lijun ?

— Elle n'a pas changé. Pas de décision définitive pour le moment. Le président est informé. En dernier recours, la Maison Blanche tranchera. »

Mon cher Wang Lijun fait son entrée, encadré de trois GI et de Xu. On ne peut que lui reconnaître un authentique panache. Tout dans son attitude dit le défi et la volonté inébranlable. Ce type-là ne pliera pas, quoi qu'il arrive, j'en ai la certitude. La fatigue doit se faire sentir aussi pour lui, pourtant il n'en laisse rien paraître.

Nos deux protagonistes se saluent à la chinoise. Kong Tao attaque : « Vous savez pourquoi je me trouve ici. Votre initiative est considérée comme un véritable désastre en haut lieu. »

Wang Lijun le coupe : « S'il vous plaît, pas de comédie ou de mise en scène. Je savais à quoi m'en tenir en adoptant cette ligne de conduite. Nous nous connaissons depuis suffisamment longtemps. Vous, mon cher Kong Tao, vous avez compris depuis le début que j'en ai été réduit à cette extrémité parce que je n'avais plus d'autre choix. Et vous savez parfaitement qui est à l'origine de ce lamentable dénouement.

— Ne pouviez-vous pas envisager d'autre solution que d'étaler nos querelles chez ces Américains que nous avons quelques difficultés à considérer comme nos amis ?

— Je n'avais plus confiance en personne. Personne, vous m'entendez ? À Chongqing, je me méfiais même de ma femme de ménage. Ce sont quelques-uns de mes hommes qui m'ont averti. Et vous savez aussi que plusieurs d'entre eux l'ont payé de leur vie. Vous avez eu connaissance des trois plans ?

— Les trois plans ?

— Pour ma suppression physique. Le premier était de me faire participer à une opération dangereuse où se produiraient de graves incidents dont je serais la victime. C'était leur préféré, car ainsi je serais mort en défenseur sublime de la cause morale, ce qui aurait servi au mieux leurs intérêts. La deuxième solution était celle de l'accident de voiture. Une méthode banale et qui a été assez souvent utilisée ces derniers jours. Mais je n'entrais pas bien dans les conditions requises : je n'ai pas de Ferrari, et j'évitais de prendre ma voiture dans les nouvelles et superbes fonctions qui viennent de m'être attribuées. Vous comprenez bien, Kong, je n'ai pas de Ferrari. » Il le regarde en martelant les mots. Tous deux sont censés saisir une allusion qui doit sans doute nous demeurer étrangère.

Kong paraît embarrassé : « Oui, je le sais. Je crois que vous avez changé les plaques d'immatriculation de votre auto pour venir ici ?

— J'ai dû m'y résoudre, en effet. Lamentable, comme je l'ai dit aux Américains. Wang Lijun transformé en mauvais acteur de série B. Je me suis déguisé en vieille femme pour déjouer la surveillance des flics qui ne me lâchaient pas d'une semelle. Des mauvais, des amateurs, que j'aurais renvoyés illico à leurs villages ou à leurs usines s'ils avaient travaillé pour moi. Avec des auxiliaires pareils, j'aurais été liquidé depuis un bon moment sans qu'il soit nécessaire d'ourdir le moindre complot. Kong Tao, je peux vous dire que lorsque je me suis garé dans un chemin pour enlever mes fausses plaques minéralogiques, je fulminais contre vous, contre ceux du Bureau, contre ceux qui à Pékin n'ont rien fait pour arrêter cette sinistre chasse à l'homme.

— Beaucoup d'erreurs sont à déplorer. Nous en avons conscience.

— Le plan trois était de simuler un problème de santé, cardiaque, vasculaire ou cérébral, disaient-ils. Ils n'avaient pas tranché, ils ne devaient pas être capables de faire la différence, ces imbéciles. Le surmenage devient mortel, chez nous. Vous avez utilisé cette explication, je suppose, vis-à-vis des Américains ? » Il me désigne du menton.

Kong Tao hoche la tête, de plus en plus perturbé. Je me garde bien de renforcer sa gêne en intervenant.

Wang Lijun poursuit, très agressif : « Alors quand vous arrivez, la bouche en cœur, vous venez avec quelles propositions ? Vous venez prendre les mesures pour mon cercueil ? Ne vous donnez pas cette peine, les autres ont déjà prévu ce qu'il faut.

— Wang Lijun, beaucoup de personnes sont préoccupées par le sort qui vous est réservé. Tous savent ce que la Chine vous doit.

— Et tous doivent savoir ce que j'ai apporté ici. Des disques durs bourrés de données, n'est-ce pas, madame le consul ? »

Cette fois, on me sollicite. J'incline la tête.

« Et si l'un des trois plans devait s'accomplir, les portes de l'enfer s'ouvriraient. Vous m'entendez, Kong Tao ? Les portes de l'enfer.

— Que voulez-vous dire ?

— Deux autres disques durs, qui se trouvent dans un endroit sûr, seront livrés dès lors que je n'enverrai plus un signal précis, spécifique, inimitable. Vous avez bien percuté, Kong Tao ? Mes deux disques sont des bombes dont vous n'imaginez même pas la violence. »

Moi, je me figure la tête de mes bases arrière, au Pentagone, à l'ambassade et au Département d'État. Étant donné l'importance de ce qu'il nous a déjà fourni, j'ai quelques difficultés à me représenter ce qu'il pourrait y avoir de pire. Ou alors il bluffe. Ce qui ne cadre pas avec le personnage. Quel serait son intérêt ? À sa place, je conserverais des munitions. Il a fait plus que nous appâter, il nous a ferrés à son hameçon gigantesque. Il doit partir de l'hypothèse que nous ne le lâcherons plus, mais qu'il ne devra pas nous décevoir.

« Wang Lijun, vous savez que les médias du monde entier ne parlent que de votre trahison ? Nous pourrions être confrontés à une forte nervosité au sein même du peuple de Chine, en lien direct avec ce que nous vivons aujourd'hui.

— Cessez avec ce mot de "trahison". Si vous le prononcez une fois de plus devant moi, je refuserai de vous parler ou de vous écouter. Est-ce clair ? Je ne veux plus jamais l'entendre, et surtout pas de la part de ceux que je sers avec tant de zèle depuis le début de ma vie. Kong Tao, n'utilisez plus le terme "trahison" ni d'autres vocables du même acabit, je vous le répète à vous, en raison de votre parrain Zhou Yongkang pour lequel j'ai un respect infini. Vous m'entendez ? Un respect infini. »

J'ai toujours ce sentiment étrange qu'au-delà des apparences, d'autres messages sont envoyés. Kong Tao semble les capter. Un instant, il frotte son pouce sur le bout de son index, les yeux perdus dans le vague, puis il se lève d'un coup.

« Madame le consul, je souhaiterais reprendre cette conversation un peu plus tard, si vous nous autorisez à la poursuivre en ces lieux et dans les mêmes conditions.

— Monsieur, il faudrait d'abord que M. Wang y consente. »

Celui-ci me fait un signe de tête.

« Madame le consul, en ce qui me concerne, je n'y vois pas d'objection. Si vous en êtes d'accord, je serai ravi de poursuivre cette conversation qui finira, j'en suis sûr, par devenir fructueuse. »

Kong Tao reboutonne déjà son manteau.

« Je vais évoquer ces questions avec mes supérieurs, je reviens aussi vite que possible. Cher Wang Lijun, reposez-vous, vous semblez épuisé... » Il s'arrête net, sans doute à la pensée du plan trois, et bredouille : « ... Enfin, fatigué par cette nuit de veille. Je ne m'inquiète pas, votre fantastique capacité de résistance doit vous aider.

— Ma capacité de résistance, comme vous dites, a ses limites. Maintenant que nos amis américains ont accepté de me donner l'asile, j'avoue me sentir tranquillisé. Allez donc prendre la température de Pékin et revenez nous la donner. J'ai encore, pour ma part, beaucoup à raconter, beaucoup à expliquer. »

Il est 11 heures du matin. La nuit et le jour n'ont plus de sens quand le sort de la planète peut se jouer sur un coup de dés. J'aimerais un peu de répit, un moment de calme, de musique douce, qui me permettrait de me reposer, de faire le point, de réfléchir à ce qui se produit autour de moi.

Mais je remonte devant mes écrans et, question calme, je suis servie. L'agitation est à son comble.

Tom me force au passage à boire un nouveau cocktail d'amphétamines. Je suis partie pour un sacré contrecoup, quand la tension retombera.

La secrétaire d'État s'est absentée. C'est l'ambassade à Pékin qui mène les débats. La réaction officielle des autorités chinoises est tombée. L'ambassadeur Locke, qui est présent, écoute son responsable des relations avec le gouvernement : « Nous avons été informés par la présidence chinoise qu'ils avaient eu connaissance d'une demande d'asile politique de la part d'un de leurs ressortissants à Chengdu. Les termes qu'ils utilisent sont sans équivoque : ils considèrent cette demande comme inacceptable. Ils ajoutent qu'étant donné les fonctions exercées par la personne incriminée, son départ de Chine sous protection américaine serait considéré comme un acte d'agression pure et simple. Ils se réservent la possibilité d'envisager des mesures de rétorsion de tous types, y compris des situations décorrélées en apparence.

— Traduction en langage clair ?

— Ils n'hésiteront pas à exporter le conflit en terrain sensible, par exemple la Corée-du-Nord, Taïwan, pour rester sur l'Asie. Mais nous devons insister : des expressions ont été employées à très haut niveau, c'est-à-dire N–3 et N–4, que nous n'avions jamais entendues auparavant. Pour Pékin, nous sommes dans une situation inédite et d'une gravité exceptionnelle. Ils insistent sur le fait qu'ils ne nous considèrent pas comme responsables. En revanche, ils veulent nous faire sentir que nous pourrions nous laisser entraîner dans un engrenage fatal.

— Ils nous lancent un avertissement, en quelque sorte.

— Et si nous ne l'entendons pas, alors nous changerons de statut : d'observateur neutre, nous deviendrons partie hostile. Nous nous trouvons au cœur d'un pugilat taille XXL qui ne nous concerne pas. Il n'appartient qu'à nous de ne pas envenimer le processus en demeurant passifs. »

J'appuie sur le bouton rouge pour signaler mon intervention : « Que je sache, la passivité n'est pas la première caractéristique des États-Unis. À moins que nous ayons rétréci et que nous soyons devenus la plus grande puissance passive du monde ? »

L'ambassadeur se raidit. Au Département d'État, ils se chargent de répondre – Peter, je le note, reste muet cette fois.

« Ann, nous en avons déjà discuté. Ne faites pas l'innocente, vous savez bien que parfois le réalisme doit primer sur les principes.

— La formule est jolie, mais elle ne me correspond pas. Et j'aime autant vous dire qu'ici, en

Chine, comme dans beaucoup d'autres endroits, le réalisme devrait nous imposer de ne pas dilapider une image construite pendant des décennies grâce au sang de nos *boys*, une image qui pourrait nous être utile à très court terme. »

Au Pentagone, les deux généraux semblent approuver. Ils demandent la parole.

« La consul n'a pas tort sur ce point. Cette affaire fait l'objet d'une forte couverture médiatique. Il ne fait aucun doute qu'en cas de recul de notre part, les échos seront encore plus importants. Nous ne pouvons pas nous permettre de passer pour ceux qui flanchent. »

Les gars du Département d'État tapotent la table de leurs crayons : « Alors, vous suggérez quoi ?

— Nous ne devons pas capituler. Il faut faire valoir aux Chinois que si nous les suivons, il doit y avoir une contrepartie.

— De quel type ? Un changement de comportement vis-à-vis de leur Prix Nobel emprisonné ?

— Ce pourrait être un point de départ de la réflexion. Mais l'inconvénient serait de faire apparaître un marchandage dans lequel ils auraient obtenu en premier ce qui leur semblait essentiel et qui nous aurait obligés à nous coucher.

— C'est assez vrai. Alors, quelle serait l'alternative ?

— Nous accédons à leur demande ce coup-ci, mais nous recréons une autre affaire comparable où, cette fois, nous serons les gagnants.

— Une autre affaire ?

— Oui, un déroulement parallèle, orchestré, mis en scène de la même manière. Et nous serions les vainqueurs en récupérant le fugitif contre la volonté des Chinois.

— Il faudrait identifier une bonne cible...

195

— Oui, un profil à la fois différent et similaire à celui de Wang Lijun. Une personnalité très connue à l'international, mais qui ne soit pas à ce point impliquée dans les responsabilités. Les Chinois ne pourront accepter de scénario qui les amène à ouvrir une sorte de boîte de Pandore, le début d'une fuite des cerveaux qui n'aurait pas de raison de s'arrêter.

— Oui, d'ailleurs nous-mêmes devons être très prudents : il ne s'agirait pas que nos consulats deviennent des agences de voyages pour hauts fonctionnaires excédés par leur gouvernement. »

J'assiste de plus en plus sidérée à la discussion qui rebondit entre les différentes parties. La secrétaire d'État est revenue s'asseoir. Elle écoute et ne manifeste aucune hostilité à la solution proposée ; elle paraît même lui trouver beaucoup d'avantages.

Au Département d'État, ils poursuivent leur raisonnement : « Le contrepoids de notre lâchage, Ann, nous en avons conscience, devra intervenir très vite – dans les trois mois au maximum. Pour eux comme pour nous, cela peut être une bénédiction. Vous connaissez les médias, une affaire chasse l'autre. On ne parlera plus que du nouveau Sakharov, et on oubliera Eliot Ness.

— La mise en scène sera essentielle. Le passage, le départ, l'arrivée, l'implantation aux États-Unis. »

La secrétaire d'État reprend la parole : « Ok, nous pouvons retenir cette très bonne base de travail. » Elle s'adresse à l'ambassadeur : « Gary, c'est à toi qu'il incombe de la représenter. Notre position doit être limpide : nous comprenons le caractère hypersensible de Wang Lijun, nous ne voulons en aucun cas provoquer un accès de fièvre. En revanche, nous ne le lâcherons que s'ils nous proposent clé en main une alternative satisfaisante.

— S'ils refusent ?
— Nous le lâcherons quand même. Mais Gary, je compte sur toi pour qu'ils acceptent. C'est essentiel pour la campagne du président. Je vais avoir les républicains sur les bras. Ils commencent déjà à bouger, l'odeur du sang les excite. »

Peut-être m'a-t-elle oubliée. Peu importe, je retourne au combat, en sachant que j'ai tout à perdre.

« Nous faisons donc une croix sur les renseignements que pouvait nous livrer Wang Lijun ?

— Il nous a donné ses disques durs. Ils contiennent assez de cyanure pour liquider les trois générations de dirigeants communistes à venir.

— Il a parlé de deux autres disques dans une banque d'Extrême-Orient.

— Nous allons tenter de les récupérer, si tant est qu'ils existent. Je vois mal ce qu'il pourrait avoir conservé de tellement explosif. Ann, je vous le répète, nous ne pouvons pas le garder. S'il faut vraiment vous donner une information supplémentaire pour vous convaincre, je vous dirai que l'instruction vient directement du Bureau ovale. Ce n'est pas pour me défausser, car j'ai émis un avis similaire. Disons que la décision est prise et qu'elle est sans appel.

— Ok, j'entends bien. Je fais quoi ? J'en informe Wang Lijun ?

— N'allez pas trop vite. Dites-lui que les choses sont plus compliquées que prévu. Tâchez de continuer à le faire parler. Vous n'avez plus qu'une demi-journée, au maximum. »

Je remonte à pas lourds vers la salle où m'attend Wang Lijun. Xu se tient devant la porte. Elle n'a pas besoin de longue explication et me glisse : « Les prochaines heures seront compliquées, n'est-ce pas ?

— Oui. Je ne suis pas fière de mon pays. Cela ne m'est pas arrivé si souvent depuis le début de ma carrière. »

Elle soupire avec moi.

Wang Lijun dort. J'effleure son épaule, il se réveille sans sursauter. Il essuie juste ses lunettes. « Monsieur Wang, je ne veux pas vous cacher que votre demande d'asile se révèle un cas très épineux pour notre diplomatie.

— Étant donné les révélations que je vous livre, je suppose que mon gouvernement doit faire des pieds et des mains pour empêcher que vous me récupériez.

— Vous supposez bien. Vous avez vu que nos dirigeants sont mobilisés au plus haut niveau pour gérer la situation. Le président Obama suit le cours des opérations minute par minute, informé par Mme le secrétaire d'État. Cependant, notre marge de manœuvre n'est pas infinie. Nous ne pouvons aller par exemple jusqu'à une rupture diplomatique. Vous savez combien la situation internationale est délicate. Il est à craindre que dans un futur proche de nombreux événements, en Iran, en Europe, au Pakistan, en Afghanistan, en Syrie, revêtent une gravité telle que la collaboration entre les grandes puissances devienne plus qu'une nécessité, un véritable impératif. Vous le comprenez, j'en suis sûre. »

Les écrans sont muets. Je suis en première ligne, et seule. Ladite secrétaire d'État est toujours coiffée des écouteurs, mais son regard semble perdu ; elle paraît ne rien entendre, ou penser à autre chose. Au Pentagone et à l'ambassade, on s'affaire, comme s'il était de mon ressort de faire passer la pilule amère. La mauvaise séquence terminée entre lui et moi, il sera possible de reprendre les choses sérieuses. Wang Lijun lui-même est attentif à mes seules paroles, et ne cherche ni appui ni confirmation auprès de ces témoins de nos conversations.

Xu, près de moi, est tétanisée. J'ai l'impression qu'il suffirait d'un rien pour qu'elle pleure. La pauvre ignorait encore que la lâcheté n'est pas l'apanage des individus mais peut être aussi celui des États, y compris les plus grands.

« Madame le consul, vous mesurez, bien sûr, les conséquences tangibles de votre revirement : il est probable que je vais y laisser la vie.

— Non, monsieur Wang, nous ne vous laisserons partir que si vos autorités nous donnent les assurances les plus fermes que votre intégrité physique ne sera pas menacée, et que vous n'aurez à subir aucun traitement allant à l'encontre des valeurs des États-Unis d'Amérique. »

Il émet un petit rire bref en me regardant droit dans les yeux.

« Votre récitation est un brin factice, madame le consul. J'ai le sentiment que vous ne croyez pas vous-même en ce que vous affirmez.

— Monsieur Wang, je peux vous assurer que nous serons stricts dans la négociation, si elle doit se poursuivre. J'y veillerai.

— Je n'en doute pas, chère madame, je n'en doute pas... » Il marque un temps d'arrêt. « Mais nos conversations vous ont démontré à quel point je connaissais l'appareil policier de l'intérieur. Je n'ai pas la moindre illusion sur la manière dont sera traité un cas comme le mien. Il ne s'agit même pas d'une hypothèse. Si j'étais en charge de ce dossier, en fait, je n'aurais pas besoin d'instructions. J'ai été formé pour réagir en pareil cas.

— C'est-à-dire ? »

Autre petit rire bref. « Voyons, ne me demandez pas de préciser en détail les mille et un raffinements qui me sont réservés ? J'en connais quelques-uns qui se délecteront d'avoir dans leur salon une jolie peau de tigre en guise de tapis.

— Nous serons stricts, je m'y engage à titre personnel, monsieur Wang. »

Xu, je le remarque, croise les mains comme si elle priait, les serrant si fort que les jointures de ses doigts blanchissent. D'un geste machinal, je me touche le front et m'aperçois que je suis en sueur. L'effet des cocktails de médicaments, sans doute.

« Madame Robertson... » Tiens, il ne m'avait plus appelée par mon nom depuis des heures. « Je ne doute pas de votre bonne volonté. Vraiment, je n'en doute pas, et si nous ne nous connaissons pas depuis très longtemps... » Rire, encore, mais bien plus bref. « ... j'ai appris à vous apprécier. Néanmoins, il ne peut y avoir de demi-mesure. C'est blanc ou noir. Vous m'acceptez ou vous me refusez. Dans ma carrière, j'ai connu ce type de choix et je sais que les grands serments, les assurances ou les garanties ne sont que maquillages pour dissimuler les larmes. En venant ici, je prenais un risque énorme. Ceux qui me poursuivaient auraient pu m'intercepter, il s'en est fallu d'un rien que vous n'entendiez jamais parler de moi. L'autre éventualité, j'en étais conscient, était que vous refusiez de m'accueillir. Une nuit est déjà beaucoup, quand je mesure l'émoi suscité par ma démarche. Cette nuit, je vous la dois, à vous, madame Robertson, et à vous seule. D'ailleurs, en dépit de ce dispositif compliqué, de ces gens qui nous ont regardés sur les écrans comme des voyeurs clandestins, durant toute cette nuit, madame Robertson, c'est à vous que j'ai parlé, à vous seule.

— Cette nuit peut tout changer, j'en ai la conviction.

— Pardon ?

— Notre conversation vous rend inattaquable. Nous avons constitué une sorte de coque invisible, une protection allant bien au-delà de ces quelques heures. Ceux qui voudraient demain attenter à votre vie ont intégré le fait qu'il existait un pacte entre vous et nous.

— Il n'est pas certain que cette invulnérabilité ne se fendille très vite, au rythme de votre capitulation devant les exigences de mes futurs bourreaux. »

Je ne l'ai pas assez signalé jusque-là : Wang Lijun parle très bien. Son élocution un peu saccadée, son vague accent mongol ne doivent pas occulter ses mots choisis, la finesse des expressions qu'il emploie. C'est un ancien agent de la circulation, un spadassin parvenu, mais aussi un homme plus intelligent et plus subtil que ne l'ont laissé croire les légendes médiatiques. En ces moments critiques, je ne peux m'empêcher d'admirer la distinction de son vocabulaire.

J'insiste : « Vous devez négocier pied à pied. Je peux me tenir à vos côtés. Je pourrais donner l'apparence de chercher à vous retenir, de m'opposer à votre volte-face.

— Vous ne tromperez personne. Vos officiels... » Il désigne les écrans d'un coup de menton. « ... ont déjà fait savoir qu'ils ne me garderaient pas. Je n'ai besoin de nulle confirmation. J'en suis certain, je le vois à leurs visages.

— Vous préférez que nous éteignions le dispositif ?

— Oui. Qu'ils continuent de m'écouter, de m'enregistrer, de décrypter, parfait, c'est le jeu normal. Mais je préférerais que nous ne prolongions pas le simulacre de cette collaboration, puisque, dans quelques heures, vous m'aurez expulsé. »

Sans un mot, je me lève. Je suppose que mon geste va paraître scandaleux, surtout lorsque devant la caméra de Washington se tient toujours la secrétaire d'État, l'une des plus importantes de l'Histoire. Je cherche un interrupteur que je ne trouve pas. Je finis par arracher le câble électrique. L'écran est noir.

Je reviens m'asseoir en face de lui. J'enlève mon oreillette et la pose sur la table basse devant nous.

« Je vous propose de faire appeler Kong Tao. Je me tiendrai près de vous. Puis-je vous suggérer un ultime argument, un dernier atout dans votre manche ?

— Lequel ?

— La dame de pique.

— Pardonnez-moi, je ne comprends pas.

— Au tarot, cette carte est le symbole de la mort. »

Il me regarde. Dieu sait ce qu'il imagine en cet instant : nous sommes allés si loin dans l'évocation de faits épouvantables.

« Vous me parlez de la mort, de la mienne, n'est-ce pas ?

— Oui. Vous pouvez jouer tapis, comme on dit au poker – vous connaissez le poker ? »

Il me sourit de plus en plus franchement.

« Je connais bien, il s'agit de l'un des principaux motifs d'arrestations massives dans les tripots clandestins.

— Ah oui, j'oubliais. » Je souris moi aussi, comme si m'être libérée de l'oreillette me permettait à nouveau d'être plus naturelle. Ils ne peuvent plus m'interrompre, m'interdire d'aller trop loin ou de me lâcher avec lui. Xu, quant à elle, sera bien la dernière à tenter de nous censurer. « Vous auriez pu me croiser dans un tel établissement. Il y a quelques années, je ne menais pas la vie exemplaire attendue d'un diplomate américain.

— Oh, je n'en aurais pas été plus surpris que cela. Vous savez, les grands coups de filet ramènent des poissons inattendus, ici comme ailleurs. Mais revenons à votre proposition. Vous pouvez m'expliquer en quoi ma mort serait un argument ayant une quelconque valeur dans le bocal infesté de piranhas où je me trouve enfoncé jusqu'au cou ? »

Ce qui se passe ensuite ne s'explique que par l'état de fatigue extrême, par la tension nerveuse qui sont les nôtres. Un fou rire nous prend, inextinguible. J'ignore qui commence, lui ou moi, sans doute les deux ensemble. Je lève les yeux au plafond, et dès que mon regard redescend vers son dos secoué de tressautements, je repars de plus belle. Xu, interloquée, essaie de comprendre. Elle n'esquisse pas le moindre sourire.

J'essuie les larmes qui me coulent sur les joues. « Vous pensez bien que je n'ai pas la solution miracle ! »

Il secoue la tête, riant toujours. « N'ayez pas de souci, je ne me fais aucune illusion.

— La plus grande des confusions viendrait de votre mort ici même. Pour votre gouvernement comme pour le mien, je préfère ne pas imaginer votre sortie sur un brancard. La médiatisation des événements est devenue telle que cela serait on ne peut plus embarrassant. Il y aurait des démentis dans tous les sens et des remises en question très pesantes.

— Oui, vous avez sans doute raison. Cela étant, j'utilise comment cette sorte de chantage final ?

— Dans la négociation avec Kong Tao. Il est convaincu que vous êtes dos au mur. À Pékin, ils ont dû lui rapporter que nous refusons votre demande et que vous n'avez d'autre choix que de vous livrer.

— Dès que je suis sorti, l'intérêt de me maintenir en vie disparaît.

— Certes. Il vous faudra donc obtenir des gages définitifs avant de sortir.

— Des deux côtés, puisque l'angoisse de ma disparition est partagée. » Il me sourit à nouveau, comme s'il me jouait un bon tour – ce qui est le cas, du reste. J'imagine la tête des gars de la CIA : ils doivent être verts ; je me charge de fournir à la Chine les moyens de pression qui pourraient nous nuire par la suite. Peu importe, je serai jugée pour haute trahison, si cela leur chante.

« Madame Robertson, il ne fait aucun doute que j'aurai besoin de votre appui tout à l'heure face à Kong Tao. Je vous suis redevable, je le serai encore davantage. En échange, et pour vous remercier de votre accueil, je souhaiterais vous livrer ma contribution finale, la plus importante. J'insiste auprès des déplaisants mouchards qui nous écoutent : si je prends la décision de vous fournir l'information alors que dans les faits ma demande est déboutée, c'est pour vous seule, madame le consul.

— Il s'agit d'un point qui n'est pas abordé dans les disques durs ?

— Pas dans ceux que vous détenez. En revanche, les détails sont dans les deux que j'ai déposés à Hong Kong.

— Quelle est cette révélation capitale ?

— La conspiration constituée pour assassiner votre hôte, le futur président Xi Jinping. » Il se caresse le dessus de la main droite avec son pouce gauche. Il sait quelle grenade il vient de lâcher.

« Vous pouvez me donner quelques précisions ?

— Bien sûr. La fusée comporte plusieurs étages, mais elle doit finir par atteindre sa cible très haut dans le ciel. Le premier acte se jouera lors du XVIIIe Congrès, avec l'élection de Bo Xilai. Juste après, il sera choisi pour succéder à Zhou Yongkang, auquel d'ailleurs il devra son poste. Ce dernier sera récompensé à la hauteur des services rendus. En réalité, "sera" ne convient pas : la récompense a déjà commencé, et je ne me fais pas de souci quant à ses besoins matériels, les siens et ceux de ses descendants pour les siècles à venir. Une fois que Bo aura mis la main sur le bureau 610, il pourra s'appuyer sur les personnes dont je vais écrire le nom sur ce papier. » Il rédige une liste d'une dizaine de noms. « Pardonnez-moi, j'hésite toujours quand il faut écrire en pinyin ; je vous les inscris en chinois, juste à côté. Si vous avez besoin de vérifier ou de faire vérifier ce que je vous affirme, je vous assure que cette liste en elle-même fournira une confirmation par le séisme qu'elle pourrait provoquer. Elle comporte entre autres deux personnes ayant un accès direct au futur président Xi Jinping. Il est prévu qu'il ait un premier malaise vers le mois de décembre 2012. En réalité, le poison lui aura été inoculé pendant le check-up officiel qu'il aura accompli le 17 novembre, après sa nomination. Dans la liste de noms, il y a celui du médecin qui sera chargé de pratiquer le forfait. L'infortuné président sera hospitalisé pendant deux semaines fin décembre pour des examens complets. Il ressortira ensuite et partira en convalescence. Il rentrera à Pékin en février et, le 12 mars 2013, il subira une nouvelle attaque qui le laissera dans le coma pendant trois semaines. Et au début du mois d'avril, son décès obligera les autorités à lui trouver en urgence un successeur.

— Qui pourrait être alors celui qui sera à la tête du bureau 610 ?

— Vous avez compris. Bo Xilai accédera ainsi à la fonction suprême. Comme quoi, il ne mérite pas ce surnom de Kennedy chinois. Lyndon Johnson conviendrait mieux, ne trouvez-vous pas ?

— Comment avez-vous découvert la machination ?

— Par *Audace de l'Argent*, bien sûr. Parmi les numéros 49 de nombreux médecins et chercheurs ont soudain été recrutés, spécialisés dans les domaines se rapportant aux intoxications, aux maladies transmissibles, aux substances médicamenteuses dangereuses. Tous ont été rétribués par la suite de manière très généreuse. Les premiers candidats ont été choisis par Gu Kailai en personne, la femme de Bo, qui a eu le loisir de tester leurs compétences notamment dans l'affaire Heywood. Il nous est apparu ensuite qu'elle ne sélectionnait pas seulement certains profils en fonction de ses besoins. Elle constituait un véritable réseau, très cohérent, organisé a priori par deux éminents professeurs, l'un à Pékin, l'autre à Boston. Et l'infiltration a très vite commencé au niveau gouvernemental. Le vieux Staline avait raison : la plus grande vulnérabilité d'un dirigeant provient de son pauvre corps d'humain, qu'un rien suffit à dérégler.

— Qui est au courant, à part vous ?

— Personne. Les deux collaborateurs qui m'ont aidé à rassembler les données sont morts tous les deux, l'un il y a un mois, l'autre, je vous l'ai dit, il y a deux jours. J'ajoute leurs noms à la liste que je viens de vous fournir. Leurs décès sont de très bons débuts de preuve, de nature à confirmer ce que j'avance.

— Cher monsieur Wang, cette révélation est très intéressante, je n'en doute pas. À la différence des précédentes, néanmoins, elle ne concerne pas un passé vérifiable, mais un futur par définition aléatoire. Je crains que mes autorités ne la goûtent pas autant que vos précédentes informations.

— Je vous parie le contraire. Car, cette fois, je vous donne des éléments qui pourraient chambouler votre gestion des relations avec mon pays. Vous vous êtes un peu trop laissé bercer par la routine de nos institutions, des changements programmés dix ans à l'avance et des rôles distribués selon des règles préétablies. Moi, je crois que l'hypothèse d'un long tangage à la tête du Parti pourrait être l'une des pires situations qu'auraient à gérer vos stratèges. »

Comme pour lui donner raison, la lampe rouge s'allume au-dessus de la porte. Tom passe la tête : « Vite, Ann, conférence spéciale dans la pièce d'à côté. »

« Je n'accepterai aucun commentaire quant à mon comportement. J'estime agir comme l'exigent les circonstances, y compris celles que nous contribuons à créer par notre attitude. » Je suis prête à mordre s'ils s'avisent de me donner la moindre leçon – surtout ceux de Pentagone et de la CIA.

Peter se charge de m'interrompre. Sa mission à lui doit être de me cajoler.

« Ann, vous gérez la situation comme vous l'entendez. Nous préférerions que vous remettiez l'oreillette pour les épisodes suivants, cependant vous demeurez le seul maître à bord. Nous souhaiterions que vous nous scanniez au plus vite la liste qu'il vous a écrite.

— Vous prenez au sérieux ce qu'il vient de dire ?

— Ann, il s'agit, à court terme, de l'un des renseignements les plus essentiels qu'il était susceptible de nous apporter. Le vice-président Xi Jinping sera à Washington dans quelques heures, je vous le rappelle. Notre problématique est simple : décidons-nous de lui transmettre cette information ou choisissons-nous de nous taire ?

— Vous seriez prêts à prendre le risque de lui balancer le truc en pleine poire sans confirmation absolue ?

— Le risque serait encore plus grand si ce que vient d'annoncer Wang Lijun se déroulait vraiment. Il semble que tu sois parvenue à nouer une relation privilégiée avec lui. Quelle est ton opinion ?

— À quel sujet ?

— Son affirmation, la manière dont il l'a énoncée.

— Je crois qu'il était sincère. Je crois qu'il ne se fait aucune illusion. Il sait maintenant qu'il ne tirera aucun avantage à nous servir un mensonge. Mais, en même temps, il n'a plus intérêt à nous aider. Nous ne sommes plus alliés, il l'a intégré, j'en suis sûre. Cela étant...

— Oui ?

— Il me paraît possible qu'en l'espèce il ait pu se faire intoxiquer par ses propres sources.

— Reconnais qu'il n'est pas du genre à relayer des ragots. Enfumer un pro de cet acabit relève du tour de force.

— À moins qu'il ne soit consentant.

— Tu penses à quoi ?

— Cette affaire m'effraie et m'étonne depuis le début. J'ai le sentiment que nous ne pilotons rien, que les Chinois sont à la manœuvre, qu'ils jouent des partitions inconnues et que nous fonçons exactement là où ils veulent que nous allions.

— Tu peux préciser ?

— Non, je ne le peux pas. Je suis épuisée, en colère, je suis écœurée. Je n'ai plus la capacité de réfléchir ou de développer un raisonnement critique. Chacun son job : c'est à vous de creuser. »

Je reste assise, je ne dis plus rien. Je les regarde s'agiter sur les écrans. Je ne parviens plus à me concentrer pour écouter les croisements d'ordres, les cris divers.

« Ann ! » Peter doit m'interpeller pour me tirer de ma torpeur. La secrétaire d'État se tient de nouveau près de lui.

« Oui, je vous écoute, pardonnez-moi.

— L'équipe de la Maison Blanche nous demande d'obtenir en urgence de Wang un élément complémentaire déterminant.

— Pour en faire quoi ?

— Le président Obama est favorable à une révélation à Xi dès sa prochaine visite, pour peu que l'hypothèse soit étayée. Il estime que l'enjeu est capital, que notre relation s'en trouverait bouleversée de manière durable, et que le coup de pied dans le nid de serpents du Politburo pourrait nous servir à terme.

— Ce dernier point reste à prouver, si je peux me permettre. La guerre des clans à ce niveau de pouvoir peut aussi avoir des retombées cataclysmiques.

— C'est un pari. Il ne nous appartient pas de le juger, ni moi, ni à plus forte raison vous. » La secrétaire d'État a repris son ton cassant, ne laissant aucune place à la discussion. « Ce que nous attendons de vous, Ann, est de retourner dans l'aquarium et de faire cracher au poisson ce qu'il a dans la gueule. Et vite. »

Je comprends que je dois m'exécuter sans attendre.

Mon « poisson » écrit au crayon à papier sur un petit carnet. Il a étalé son mouchoir blanc sur la table et posé ses lunettes dessus. Quand il m'entend revenir, Xu sur mes talons, il se passe la main dans les cheveux pour les discipliner, sa raie devenant incertaine.

Puisqu'on m'a octroyé un minuscule espace de liberté, j'ai décidé de m'en emparer et de ne pas réutiliser l'oreillette.

« Monsieur Wang, je vous dois des excuses. J'avais été trop prudente, vous aviez raison : votre révélation quant à la menace pesant sur la vie du vice-président Xi Jinping est considérée comme de très haute importance à Washington. On m'a demandé d'en apprendre un peu plus.

— Que voudriez-vous que j'ajoute ?

— Ce serait à vous de me le suggérer... Je crois qu'il nous faudrait une preuve indiscutable.

— Je vous l'ai dit, madame le consul, ces preuves existent en nombre. Elles sont contenues dans un coffre à Hong Kong qu'il vous appartient de pouvoir ouvrir.

— Ne m'embarrassez pas davantage. Vous savez bien que, s'il ne tenait qu'à moi, nous aurions adopté une attitude à la fois plus responsable et plus digne.

— Vous employez des mots très forts. Nous sommes toujours écoutés ?

— Écoutés et enregistrés. Monsieur Wang, vous m'avez affirmé à plusieurs reprises que votre démarche n'avait pas pour objet de sauver votre vie par couardise ou par calcul personnel.

— C'est exact.

— Vous m'en avez convaincue. Alors, quand vous m'avez révélé l'existence d'un complot de grande ampleur, je suppose que vous ne cherchiez pas seulement à obtenir un aller simple pour les États-Unis. Vous estimiez qu'il était là aussi question de l'intérêt supérieur de votre nation.

— Vous avez à nouveau raison.

— Alors, si vous déteniez un renseignement déterminant permettant de considérer ce complot non comme une hypothèse mais comme une quasi-certitude, il ne me semblerait pas logique d'entrer en marchandage. » Nous avons l'un et l'autre un demi-sourire aux lèvres. Il m'écoute avec beaucoup d'attention, et je suis persuadée que mes mots portent. « Tout cela ne concorderait pas avec votre attitude, voire avec votre personnalité profonde.

— Vous visez juste, madame le consul. Néanmoins, n'oubliez pas que les deux disques durs de Hong Kong n'avaient pas pour seul objet d'acheter mon billet d'avion, pour reprendre votre expression, mais aussi de me conférer un avantage, ténu certes, mais non négligeable, si j'étais amené à entamer des négociations avec mon propre camp. Et si je vous ai bien comprise, cette éventualité est devenue une certitude à court terme.

— J'en conviens.

— Par conséquent, je ne monnaye pas : je gère le futur. Pour que tout ce que je sais, ce que renferme mon cerveau, puisse servir autant que possible au bien commun, en particulier celui de mes concitoyens.

— Je vais tenter de vous y aider, dans les heures qui viennent.

— Oui, oui, madame le consul... Néanmoins, je vais accéder à votre demande. » Il prend son carnet, déchire une page et écrit en chinois. « Vous avez là ce que vous espériez.

— Qu'avez-vous écrit ?

— Le nom d'un médicament qui serait fatal au vice-président. Personne autour de lui ne connaît cette information. S'il savait que vous la déteniez, je peux vous assurer qu'il serait convaincu de la véracité de vos dires.

— Si je comprends bien, ce que vous me donnez représente concrètement les opérations en cours.

— Ce que je vous donne est l'arme du crime. »

« Ann, vous faites un boulot extraordinaire. » Cette fois, j'ai le sentiment d'avoir fait naître un véritable sentiment d'admiration chez la secrétaire d'État. J'ai scanné le nouveau mot de Wang Lijun et me tiens devant les écrans partagés, dans l'attente des instructions.

« Vous pensez que le renseignement est bon ? »

Les gars de la CIA interviennent : « Oui, nous avons vérifié. A priori, si Xi Jinping souffre effectivement de la pathologie indiquée, ce truc l'achèverait encore mieux qu'une balle dum-dum. »

La secrétaire d'État annonce : « Le président Obama a décidé d'informer le vice-président Xi de la menace. Grâce à ces événements, grâce à vos efforts à tous, aux vôtres en particulier, Ann, les relations entre la Chine et les États-Unis pourraient connaître une inflexion significative. Notre gestion de cette succession d'événements est remarquable. Le bilan est en tout point positif : nous avons pris un avantage déterminant grâce à la masse de données contenue dans les disques durs, notre connaissance du contexte s'en trouve bouleversée, et nous pouvons espérer influer sur le cours des choses dans un sens conforme aux intérêts de l'Occident. Je vous en remercie dès à présent, même si nous aurons l'occasion de le faire plus tard avec un peu plus de solennité. Ann, par-delà votre épuisement mental, il vous reste à terminer le travail de la manière la plus propre possible en gérant la... » Elle cherche le mot juste. « ... la restitution de Wang Lijun aux siens. »

L'image d'un citron asséché, vidé de son jus et de sa pulpe, me traverse l'esprit. Je ne peux avoir d'états d'âme avec les responsabilités qui sont les miennes. Les critères d'action d'une nation, a fortiori la première du monde, ne peuvent correspondre à ceux d'une femme normale de plus de trente ans.

L'épilogue est imminent, ce sont mes derniers instants en tête à tête avec mon interlocuteur. Je ne sais pourquoi, je ne parviens pas à m'en convaincre.

« Monsieur Wang, Kong Tao est revenu, il nous attend en bas.

— Je voudrais faire une petite toilette auparavant.

— Bien sûr, je vous en prie. Vous comprendrez, n'est-ce pas, que deux de mes hommes vous accompagnent.

— Je le comprends, mais n'ayez crainte : je n'ai aucune intention de me pendre dans des locaux comme les vôtres, aussi désolants de confort impersonnel. Les prisons chinoises sont plus adaptées à ce genre de sport. »

Échange de brefs sourires.

« Je vais me redonner un coup de peigne, moi aussi. »

Nous nous retrouvons dans l'ascenseur. Il a mouillé et plaqué ses cheveux, resserré son nœud de cravate. Il est adossé contre la paroi, le regard vide.

Kong Tao nous attend debout, bien plus détendu que lors de notre précédente entrevue. Il sait que l'issue ne fait plus de doute.

« Cher Wang Lijun, savez-vous qui se tient au-dehors ? »

Je me demande si Kong cherche à l'impressionner, à le rassurer ou à le surprendre.

« Qiu Jin ! » dit-il avec un rire silencieux.

Wang hausse le sourcil. « Vraiment ? Il est ici ?

— Quand vous allez sortir à mon côté, il sera le premier à vous accueillir.

— Je suppose que si le vice-ministre de la Sécurité de l'État s'est déplacé pour ma misérable personne, c'est que l'on estimait en haut lieu que moi, petit provincial issu des bas-fonds, je pouvais revêtir un minimum d'intérêt. » Il me prend à témoin. « Je le souligne à l'intention de mes nouveaux amis américains, qui parfois semblaient douter de la pertinence de mes affirmations. »

Ce Wang Lijun est vraiment excellent. Bien sûr, Kong Tao réagit au quart de tour : « Pourquoi ? Vous avez tant parlé que cela ?

— C'est simple, depuis une trentaine d'heures, je n'ai pas arrêté. Sans compter que j'ai complété mes dires par des quantités de documents.

— Oui, vous me l'avez déjà signalé. C'est ce qui cause du souci à nos autorités : elles craignent que vous ne vous soyez laissé entraîner par une manière... d'euphorie. Certains sujets n'intéressent que les Chinois, il n'est pas nécessaire d'en faire état, même auprès de nos excellents amis américains. »

Le ton de la conversation devient surréaliste. Les assauts d'amabilités de part et d'autre, les sourires, la gestuelle des mains et des corps sont en complet décalage avec les soixante-dix automitrailleuses stationnées dehors, selon le dernier recensement de nos services, qui pointent leurs canons vers un immeuble diplomatique des États-Unis d'Amérique.

Cela étant, les pupilles du Tigre sont toujours aussi acérées.

« N'ayez pas d'inquiétude. Je sais ce que je peux donner, je sais ce que je détiens encore, je sais jusqu'où je peux aller, jusqu'où je peux impliquer les plus hautes sommités de notre nation. »

Le sourire de Kong Tao se fige :

« L'irréparable concerne parfois les acteurs, parfois les grands témoins. » Il se tourne vers moi : « De même, celui qui entend certains mots ferait mieux de les oublier ou de ne pas les comprendre, plutôt que d'en supporter les conséquences. »

J'interviens pour la première fois : « Ne vous méprenez pas. Si je suis les oreilles, le cerveau n'est pas ici. Je ne suis qu'un petit représentant d'une puissance immense. »

Kong Tao fait la moue, sans plus se donner la peine de feindre la politesse. Il maugrée : « Donc nous ne sommes qu'entre gens minuscules. J'espère que les géants qui nous contrôlent ne prendront pas ombrage de nos minuscules conflits et des minuscules conséquences qu'ils pourraient engendrer. »

L'image plaît beaucoup à Wang Lijun, qui le lui fait savoir en éclatant de rire et en serrant son bras avec effusion.

« Il faut avancer, reprend-il. Mes excellents amis américains ne souhaitent pas provoquer une grande tristesse par mon départ définitif de Chine, mais vous comprenez qu'étant donné la grande affection qui est née entre eux et moi, ils voudraient savoir si je serai aussi bien traité en vous suivant qu'en me rendant chez eux. Ils ont cette préoccupation, cette obsession, oserais-je dire. Je cherche à les rassurer, vous pensez bien, mais ils redoutent que le moindre incident me concernant puisse être interprété par la communauté internationale, soudain passionnée par mon très modeste destin, comme une sorte d'agression indirecte à l'encontre de l'attachement récent, certes, mais très fort, qu'ils me portent. »

Vraiment, j'aime ces concours d'éloquence chinoise, ces sommets d'exquise cruauté, où chaque mot semble pesé avec un trébuchet. Je sais d'expérience qu'une interférence de ma part aurait les plus grandes chances de tomber à plat. Aussi, je me contente de me taire et d'approuver d'un grand signe de tête quand nous sommes mentionnés.

Kong Tao écoute en regardant par terre. Il garde les mains serrées l'une contre l'autre devant sa bouche, accentuant les pressions sur ses phalanges comme au rythme de ses pulsations cardiaques. Quand enfin il répond, presque à mi-voix, j'éprouve quelques difficultés à comprendre la totalité de son message.

« Cher Wang Lijun, vous êtes dans le vrai : la grande famille du Parti communiste chinois souhaite plus que tout conserver dans notre pays un élément de votre force. Il y a eu de nombreuses bévues, de nombreuses fautes, de nombreuses incompréhensions. Nous savons que votre souhait le plus cher est que les coupables soient châtiés. Vous pouvez nous faire confiance : ce sera le cas. Le processus est déjà commencé, et ceux qui en voulaient à votre vie n'auront bientôt plus les moyens de leurs funestes projets. Vous m'entendez, cher Wang Lijun, vous m'entendez bien ?

— Oui, Kong Tao. Je comprends que ceux qui sont aujourd'hui les plus grands brigands de Chine ne pourront parvenir au cœur du pouvoir dans l'impunité la plus totale, au mépris des principes édictés par nos grands anciens. Cette nouvelle, vous pouvez le croire, réjouit mon cœur. » Il laisse passer un grand silence. « À présent, dites-moi quel châtiment m'est réservé pour avoir contribué dans la limite de mes très modestes moyens à cette victoire historique. »

Kong Tao se fige dans une sorte de garde-à-vous. « Wang Lijun, si par malheur il advenait que nos autorités vous estiment coupable de haute trahison... » Il s'interrompt et a un mouvement de tête d'avant en arrière. Face à lui, Wang demeure immobile, comme pétrifié. Je déglutis avec difficulté. « Vous connaissez le châtiment encouru pour un tel chef d'accusation...

— Je le connais pour avoir eu moi-même à l'appliquer. Il s'agit de la peine capitale. » Il a dit cela d'un ton presque détaché, sans une once d'émotion.

Je ne sais comment définir l'étrange sentiment qui me traverse alors. Tout se passe comme s'ils étaient dans leur rôle, qu'ils débitaient de façon mécanique des répliques apprises par cœur. Comme s'ils étaient les acteurs et moi le public. Sur le coup, je pense que la mort est simple : elle est la conclusion automatique d'un règlement intérieur rédigé en chinois.

« Pour que les Américains acceptent une reddition, j'ai cru comprendre qu'ils attendaient un engagement, au moins temporel, de ne pas aboutir à cette regrettable extrémité. » Le Tigre a de l'humour quand il en est réduit à devenir une proie. Il ne panique pas, sachant comment les faibles s'effondrent d'habitude, se liquéfient. Lui reste droit, maître du jeu quoi qu'il arrive. Je pense aussi aux vingt blessures sur son corps et à la forme de ses yeux, vraiment particulière. Je pense à son odeur, à l'implantation de ses cheveux, je pense à nos conversations depuis hier soir. Je pense que ces heures-là vont compter parmi les plus importantes de mon existence.

« Alors, cher Kong Tao, quelles propositions m'apportez-vous ? De quelles missives vous a chargé notre très honorable ministre de la Sécurité nationale ? »

Kong Tao conserve plusieurs secondes son sourire mécanique. Il vérifie, je crois, que Wang Lijun ne veut rien ajouter. Wang dirige, Wang décide, Wang dicte sa loi. Le tigre demeure le roi de la jungle.

Ma fatigue est épouvantable, c'est elle sans doute qui me fait délirer de la sorte. Je cligne des paupières, les images se brouillent mais je veux rester consciente, je veux à toute force participer encore à cet échange hors de la réalité. Je sens Xu plus proche de moi, comme si, de manière inconsciente, elle pressentait ma faiblesse et voulait me soutenir.

« Il relève de ma mission de vous communiquer une information essentielle : nous ne voulons justement pas qualifier votre démarche de haute trahison. » Kong paraît très soulagé, il semble mesurer la portée de son affirmation.

Wang Lijun baisse lentement la tête, une sorte d'hommage ou de remerciement. « Voila qui serait très bien, parfait même. Cependant, quand vous dites que vous ne voulez pas, dois-je comprendre que la décision est encore en suspens ?

— Non. La décision a été prise au plus haut niveau du Parti. La seule condition posée est que vous acceptiez de sortir avec nous à la fin de cette conversation. La trahison serait de quitter le territoire chinois. Si vous prenez l'engagement de demeurer ici, votre attitude sera seulement considérée comme... iconoclaste, et justifiée par des circonstances extraordinaires.

— Quelles circonstances ?

— La menace sur votre vie que ferait peser M. Bo Xilai. »

Wang hoche la tête avec une grimace de satisfaction. Il me prend à témoin, nos regards se croisent un court instant.

« Ainsi, les agissements de Bo Xilai ont bien été identifiés comme la cause de l'enchaînement terrible qui m'a conduit jusqu'ici ?

— Oui, je vous le confirme. L'instruction se bornera à évaluer l'aspect contestable de votre utilisation d'une légation étrangère afin de faire entendre un point de vue légitime d'une part, utile à la nation d'autre part.

— Votre retranscription est fidèle ? L'expression "utile à la nation" a bien été employée ?

— Oui, cher Wang Lijun. On considère que votre action présente est en conformité avec votre attitude de héros, avec les services immenses que vous avez rendus à la population chinoise. Je vous le répète, le reproche principal qui vous sera adressé concernera cette association très malheureuse, très malvenue, avec une opinion étrangère. »

Parfois, malgré ma pratique quotidienne de la culture chinoise, j'éprouve une soudaine lassitude, qui se traduit par un début d'exaspération, je le confesse. Sous l'influence de la fatigue, dirons-nous, je me permets de laisser poindre un peu plus qu'une irritation passagère. D'une voix tendue, donc, un tantinet trop forte, j'interviens sans ménagement dans la conversation.

« Monsieur Kong, je vous demande d'être précis et concis. Je vous rappelle que le temps presse et que nos hélicoptères ont décollé de nos porte-avions pour réussir là où nous avons échoué tout à l'heure. » Je n'ai pas besoin de les entendre pour savoir que le Pentagone et la CIA en avalent de travers leur café. Puisque le bluff me semble la qualité première de la partie en cours, prise d'une soudaine inspiration, j'ai décidé de passer à la vitesse supérieure. Pour être franche, Wang Lijun lui-même semble stupéfait. « La question est simple, elle exige une réponse précise : dois-je leur demander de faire demi-tour, ou bien dois-je valider la sortie du territoire de M. Wang sous notre protection militaire ? »

Kong Tao est décontenancé. Il doit penser qu'il manque d'éléments, n'étant pas informé – et pour cause – d'une éventuelle intrusion dans l'espace aérien chinois, ce qui constituerait une escalade indéniable.

Escalade justifiée, selon moi. Elle aurait signifié que nous assumions notre rôle de protecteurs du monde libre, que nous nous estimions aptes au bras de fer avec la Chine, que nous considérions notre confiance en notre propre audace comme la base même de notre force.

J'aurais tant voulu que nos *boys* soient en route, au triple galop, sabre au clair. J'aurais tant voulu cette charge héroïque pour une cause qui en valait la peine : défier les barbares et préserver nos valeurs. Il n'en est rien, bien sûr. Je ne suis qu'une pauvre femme fragile, seule à brandir dans le vent mauvais la bannière étoilée, celle de nos pères, celle des soldats de l'impossible.

« Madame le consul, je peux m'y engager sous serment : Wang Lijun ne sera pas mis à mort.

— Nous enregistrons cette conversation, monsieur Kong, je vous le rappelle, nous l'enregistrons en son et en image. Croyez-moi, nous sommes prêts à la balancer sur tous les réseaux sociaux s'il advenait que vous ne respectiez pas votre parole. Ainsi que bien des documents que nous a fournis Wang Lijun, comme il nous l'a demandé. Nous serons les garants de sa bonne santé si d'aventure il devait à nouveau lui arriver le moindre problème. Soyez plus précis, monsieur Kong, soyez plus crédible quant au sort du héros, comme vous dites. Décrivez-moi ce qui devrait advenir le concernant. Chacune de vos paroles se transformera en un élément du serment, du contrat entre vous et nous. Vous comprenez bien ce que je vous dis, monsieur Kong, ce que je vous dis au nom du président des États-Unis d'Amérique ? » Ma chemise a des manches longues, Dieu merci, sans cela il pourrait voir à quel point j'ai la chair de poule. « Nous protégerons désormais M. Wang Lijun avec autant d'ardeur que s'il se trouvait dans une maison de notre nation. Il ne sera pas dit qu'un citoyen du monde se verrait refuser l'asile et la protection de ses droits essentiels par la puissance américaine. Je vous écoute, monsieur Kong, je vous écoute et vous conseille de vous dépêcher. »

Je dois me tromper : il me semble percevoir dans l'œil de Wang Lijun une amorce, une pointe d'ironie – ou alors d'admiration ?

« Madame le consul, il m'est difficile de préjuger des réactions de la justice de mon pays. Elle est souveraine, vous l'imaginez bien. » À moi de sourire. « Néanmoins, je peux vous donner l'assurance, à vous et à M. Wang, qu'il sera interné dans des conditions très favorables.

— Comment cela, interné ? »

Ce pauvre Kong Tao se racle la gorge, secoue la tête.

« Ah oui, madame, il ne pourra en être autrement. Étant donné la publicité qui a été faite autour de cet événement, il est obligatoire qu'il y ait un procès et une condamnation, nous n'avons pas le choix. Nous avons prévu de le placer dans une maison isolée aux alentours de Pékin. Non seulement sa famille ne sera pas inquiétée, mais il pourra la recevoir, la loger si elle le désire. Nous nous engageons à protéger les proches de M. Wang des puissances maléfiques qui le traquaient. Et je pense que la peine qui sera requise sera inférieure à vingt ans. »

Mon sursaut n'est pas simulé. « Vingt ans ! Vous vous moquez de moi ? »

Wang intervient : « Madame le consul, je bénéficierai sans doute d'une libération conditionnelle au bout de quelques années.

— Vingt ans sont synonymes de crime, aux États-Unis. Nous refusons cette qualification, aussi exigeons-nous un engagement explicite de la part de M. Kong. »

Celui-ci fronce les sourcils comme si on lui arrachait une partie de son costume.

« Je ne peux pas m'avancer à ce point, madame le consul. Je ne peux pas, cela m'est impossible, comprenez-le.

— Non. Je veux que nous scellions le contrat sur les bases qui sont les nôtres. »

Il se tait, avale sa salive. Il ne regarde plus ni Wang ni moi. L'humiliation est suprême, il doit céder devant une femme.

« Madame, je m'engage à tout mettre en œuvre pour que la peine requise soit d'environ quinze années d'assignation à résidence. »

Plus rien ne s'oppose à la honte. J'ai rebranché l'oreillette avant de quitter la salle. Et je découvre qu'à Washington, on estime le résultat très positif. La secrétaire d'État parle de « sortie par le haut » dès lors que la seconde phase, celle d'une exfiltration spectaculaire de remplacement, sera réussie. « Si les Chinois tiennent leurs promesses, et je ne doute pas qu'ils le feront, nous n'aurons qu'à nous féliciter de cette affaire. Nous aurons accumulé des tonnes de renseignements, préservé les meilleures relations avec leurs équipes et créé un climat de confiance avec le futur numéro un. Et si l'affaire suivante est un succès, nous maintiendrons notre image de protecteurs des libertés pour le monde entier. Que demander de mieux ? »

Peter m'interpelle : « Ann, tu as été époustouflante dans ta gestion de nos avantages. Le fait de brandir ces risques de publications, et, pour couronner le tout, la pseudo-opération héliportée... »

La secrétaire d'État opine, mais je vois qu'elle est moins enthousiaste que mon patron. Elle n'est pas près d'oublier mes sorties vénéneuses à l'encontre de notre attitude. J'aurai à les payer un jour ou l'autre, j'en ai la certitude aiguë.

« Merci, » dis-je laconiquement. · .

Dans une négociation chinoise, personne ne doit perdre la face. Cette fois, ils ont élevé le principe au rang de grand art. Leur subtilité est telle que nos gros balourds ont fini par avoir le sentiment d'un triomphe. Quant à moi, je ne parviens pas à mesurer à quel point nous nous sommes déconsidérés.

Wang Lijun me dit qu'il est prêt. Xu, à mon côté, se rapproche un peu de moi ; à présent, elle cherche ma protection, elle est bouleversée. Je la regarde, lui souris, fronce un peu le sourcil en voyant que son menton tremble.

« Madame le consul, il ne me reste plus qu'à vous remercier de votre accueil, et aussi de votre attitude, et de votre courage. Je crois m'y connaître en la matière, et j'ai rencontré peu de personnes de votre envergure.

— Hommage du Tigre ! » dis-je.

Il rit. J'ai le sentiment qu'il est soulagé. Il tient sa serviette en cuir contre sa jambe. Il a boutonné son veston, enfilé son pardessus.

« Vous êtes sûr que ça va aller ?

— Je crois que je n'ai pas le choix, n'est-ce pas ?

— Disons que nous ne vous le laissons pas, en effet.

— Cette aventure aura été extraordinaire. Vous et moi allons en garder longtemps le souvenir.

— J'espère avoir de vos nouvelles.

— Quelle est votre formule ? " Dans un mois, dans un an" ? »

J'appelle nos gardes. Je veux que nous l'accompagnions jusqu'au seuil. On nous signale qu'il est possible d'ouvrir la porte. Il fait grand jour, j'ai perdu la notion du temps. Nos soldats sortent en premier, formant une sorte de mini-haie d'honneur

– ou un ultime rempart. Je vois le dispositif militaire autour du bâtiment, impressionnant. Des soldats partout, les blindés à quelques mètres, des canons et des mitrailleuses braqués sur nous, le vacarme des hélicoptères, de sirènes en tous genres. Deux engins manœuvrent au bout de la rue de manière à laisser passer un convoi de quatre grosses voitures noires aux vitres teintées. Elles s'arrêtent devant nous. Les portières arrière des deux véhicules du milieu s'ouvrent. Kong Tao sort le premier, accompagné de quatre hommes, j'imagine des services secrets. De l'autre voiture descend un homme de taille moyenne. Xu me souffle : « Qiu Jin. » Il s'est dérangé en personne. Son air lumineux dit combien la victoire est importante en ce qui le concerne – et par ricochet à quel point nous humilie notre débandade.

Je crie : « Major, présentez les armes !

— À vos ordres, madame. »

La scène est surréaliste, j'en ai conscience. Mes quatre malheureux GIs rendent les honneurs à un magistrat chinois coupable de crimes contre l'humanité. Les officiels d'en face sont décontenancés. Ils s'arrêtent net. Wang Lijun s'offre le plaisir d'avancer de cinq pas entre nos soldats. Qiu Jin écarte les mains et déclare : « Bienvenue, Wang ! Heureux de te revoir parmi nous. » Il fait signe à ses hommes, qui se précipitent et lui prennent sa serviette de cuir. Wang ne résiste même pas.

J'ai les mains croisées dans le dos. Nos hommes sont toujours au garde-à-vous. Je regarde le groupe franchir le cordon de militaires, sans doute ceux de Chongqing, doigt sur la détente. Ils s'engouffrent dans les automobiles. Sitôt les portières claquées, les moteurs grondent et le convoi disparaît de la rue à toute vitesse dans un crissement de pneumatiques.

Le vacarme est assourdissant : à la suite des quatre voitures, les véhicules militaires démarrent en même temps. Les troupes qui nous assiégeaient quelques secondes plus tôt quittent leurs positions au pas de course. Dans quelques minutes, plus rien n'y paraîtra, l'épisode Wang Lijun sera effacé de la réalité comme il doit l'être au plus vite de toutes les mémoires.

J'attends pour rentrer que soit terminé ce vaste branle-bas. Immobile, les mâchoires crispées, j'aboie à mes hommes : « Stop ! Hors de question de tourner le dos à ces salopards.

— Bien reçu ! » Ils ne bougent pas d'un millimètre. Le ton du major m'a suffi : il m'a comprise, et les autres gars aussi. Quand j'estime que l'essentiel des troupes a disparu, je fais volte-face. « C'est bon, fermez les portes derrière nous. »

Ce que je n'attendais pas, c'est de trouver dans le vestibule la plus grande partie du personnel présent au consulat. Mes larmes ne sont pas loin, vraiment pas. Surtout quand, de manière spontanée, commencent les applaudissements. Sans cris de joie, sans sourires, sans sifflements ni exclamations. Tous frappent dans leurs mains avec gravité, intensité. Il est rare de sentir une telle unité dans le personnel d'une administration comme la nôtre. Interdite, j'ai la gorge serrée. « Je vous remercie, je vous remercie tous, de vos efforts, de votre sang-froid, pendant les trente heures qui viennent de s'écouler. » Je m'éclaircis la voix. « Votre dévouement, votre courage sont de ces vertus qui me rendent fière d'être américaine. »

Je parviens à leur sourire. Je dois cependant vite tapoter mes lèvres soudées de mon poing fermé. De nombreuses personnes, y compris quelques solides gaillards, ont de gros sanglots. Je m'échappe en catastrophe, je ne veux pas qu'ils me voient craquer.

Je remonte à mon bureau et demande que l'on me fournisse du linge propre. Dans le cabinet de toilette de nos invités, je prends une douche très longue et très chaude. L'eau qui coule sur ma peau me procure un bien-être infini. La fatigue est telle que je titube un peu. Dans la vapeur, je dois m'appuyer un instant contre le mur. Les gouttes d'eau ruissellent le long de mes cheveux, devant mes yeux.

Je m'effondre. Mes jambes ne me soutiennent plus et je m'affale sous le jet. J'ai presque le sentiment de suffoquer, tant je suis à bout. Je reste ainsi plusieurs minutes.

Xu frappe à la porte de la salle de bains : « Ann, vous allez bien ?

— Oui, ne vous inquiétez pas. » Je me drape dans une grande serviette éponge, m'en enroule une autre en turban sur la tête. La buée sur le miroir se dissipe, et il me renvoie l'image d'une fille ayant pris dix ans en une nuit. Je m'étends sur le visage une couche de crème apaisante, insistant sur le contour des yeux, sur les rides au coin des lèvres. Je m'étire et me contrains à inspirer à fond. Je m'efforce surtout de ne pas penser au dossier de ma fille. J'ai perdu presque tout le temps qui m'était imparti. Cela n'a pas d'importance, n'est-ce pas ? Je ne dois pas penser à Montauk, à mon enfant, sinon je vais craquer, et pour de bon.

Xu se tient debout devant la porte. « Merci, vous êtes gentille, lui dis-je. Ne vous faites pas de souci, allez prendre un peu soin de vous : vous êtes au moins aussi épuisée que moi. »

Elle serre ses mains l'une contre l'autre, fronce les sourcils, semble se contracter tout entière.

« Ann, je dois vous dire quelque chose d'important, à propos de Wang Lijun.

— Cela ne peut pas attendre ? »

C'est elle qui flanche : elle pleure sans hoquets, ses larmes coulent le long de ses joues. « Ann, j'aurais dû vous le dire plus tôt, bien plus tôt. »

Je ne sais pas pourquoi, mais elle me glace, il n'y a pas d'autre mot. Elle grimace, ne parvient pas à parler. Je perds un peu de mon calme : je la saisis par les bras, la secoue. Sa tête penche sur le côté, ses paupières sont fermées ; elle oscille, molle, sans réaction, sans défense.

« Que voulez-vous dire, Xu ? Bon sang, exprimez-vous, à la fin ! » Je la relâche pour rattraper ma serviette qui glisse. Je m'écarte d'elle, la regarde et elle consent enfin à rouvrir les yeux ; la distance entre nous semble l'apaiser.

« Quand il m'a parlé en mongol, j'avais le sentiment qu'il jouait un jeu, qu'il m'attirait dans son camp. Il me sortait de votre orbite, il le savait, il l'a senti dès le premier instant – c'est un manipulateur d'âmes.

— Que vous a-t-il dit de si capital ? » Je suis patiente, d'ordinaire ; pas aujourd'hui.

« C'était lors d'une des toutes premières interruptions de vos conversations, quand vous êtes allée rendre compte à Washington. Je suis restée seule avec lui un assez long moment. Il était très intéressé par mes origines, il me demandait d'où venaient mes grands-parents. Nous avons des liens de cousinage plus ou moins éloignés, il voulait savoir comment j'avais fini par travailler pour les États-Unis, si cette situation était irrévocable, si un jour je pourrais revenir sur la terre de mes ancêtres.

— Xu, je ne vois rien là de sensationnel.
— Et il s'est mis à me parler dans le dialecte de notre village. Même parmi les Mongols, très peu de gens le comprendraient. Il a commencé sur un ton très bas, déclarant qu'il allait me tester. Il souriait, et j'ai vraiment cru à une sorte de jeu, de complicité liée à cette parentèle inattendue.
— Et alors ?
— Il m'a cité le nom de plusieurs membres de ma famille, leurs surnoms dans le village.
— Il les connaissait ? Il avait un dossier sur vous ? » Un frisson me parcourt l'échine. Xu est aux États-Unis depuis près de quinze ans, ses parents étaient de petits employés à Chinatown. Il est stupéfiant en effet que Wang Lijun ait pu non seulement répertorier ces informations, mais encore s'en souvenir avec une telle précision.

« J'étais décontenancée. Il n'était pas là par hasard, Ann, il savait tout de nous. Pourtant, ce n'est pas ces détails qui m'ont le plus désorientée.
— Mais qu'était-ce alors ? Seigneur, allez-vous finir par accoucher, Xu ? Vous êtes insupportable !
— J'ai tellement honte de ne pas vous en avoir encore parlé. Voilà l'histoire : depuis le début, il savait que Peter n'était pas ici et qu'il aurait affaire à vous. » Sur le coup, je suis un peu déçue par cette révélation. J'espérais quelque chose d'un peu plus fracassant.

« Vous rendez-vous compte, Ann ? Dès le début, il nous a jouées. Il a simulé le désarroi quand vous lui avez annoncé que Peter était à Washington et que nous serions ses interlocutrices. En réalité, il venait pour cette raison, pour vous rencontrer vous et non Peter. » Je demeure interdite. Cette fois, elle a gagné, je suis ébranlée, et même bien au-delà. Si manipulation il y a, de ce niveau, de cette ampleur, nous devons revoir l'ensemble des conclusions que nous avons tirées de cette incroyable histoire. Et je suis en tête de liste des manipulés, des pauvres grues blousées de A jusqu'à Z. Donc je me débats, je réfute.

« Comment pouvez-vous en être sûre, Xu ? La gravité de votre affirmation est telle que vous devez me donner des preuves, des preuves incontestables. » Mon ton monte, je me mets presque en colère, une colère proche de la peur.

« Vous avez compris comment fonctionnait Wang ? reprend-elle. Avec lui, rien n'est laissé au hasard, le doute n'a pas de place. » Elle sort un papier de sa poche. « J'ai noté les chiffres qu'il me donnait en mongol. » Elle me les montre.

« Oui, et que signifient-ils ?

— Les numéros de vol de Peter quand il est rentré à Washington via Pékin. »

Mon angoisse monte encore d'un cran.

« Vous avez vérifié ?

— Oui. Et ce n'était pas facile : vous vous souvenez, Peter a dû changer au dernier moment, à cause du malaise de sa mère.

— Redites-moi à quel moment il vous donne l'information…

— Hier soir. Il devait être chez nous depuis deux heures au maximum.

— Décrivez-moi les circonstances à nouveau.

— Il a procédé de la même façon que quand il nous a communiqué le nom du médicament susceptible de tuer le vice-président Xi. Il nous délivre une information incontournable, qu'il a préparée en connaissant son poids potentiel.

— Expliquez : pourquoi n'avez-vous pas réagi ? Pourquoi n'avez-vous rien dit jusqu'à maintenant ? Soyez très précise, Xu, je vous le conseille, je vous le conseille avec force. » Je suis toujours entortillée dans une serviette mais je suis folle de rage. Très pâle, elle parle un peu plus fort, comme chaque fois qu'elle est mise en cause.

« Il m'a juste dit : "Nous sommes proches l'un de l'autre, plus proches que vous ne l'imaginez. J'en sais beaucoup sur vous et sur toutes les personnes de cette administration. Par exemple, je peux vous fournir les numéros des vols empruntés par M. Haymond." Il parlait en mongol, très vite, mais en articulant bien. Je le comprenais sans peine. Il m'a ordonné de noter les numéros. "Inscrivez-les sur un papier. Vous devez le garder : à un moment, ce papier aura une importance capitale. Ce moment, je le déciderai, nous le déciderons, vous et moi."

— Mais enfin, Xu, vous rendez-vous compte que vous êtes vous aussi coupable de haute trahison ? Que vous êtes complice d'un homme ayant accompli les pires crimes, un homme que nous pouvons considérer sans doute comme l'un de nos ennemis les plus farouches ? Vous mesurez qu'il s'agit d'un acte relevant de la justice américaine ? »

Elle demeure interdite. La terre s'ouvre sous ses pieds, elle ne réagit plus. Ses yeux sont écarquillés, comme si j'étais un bourreau dont elle attendait qu'il exécute une sentence terrible. Je sens qu'en parlant je m'emballe moi-même. Je respire un grand coup. Elle le constate et reprend espoir.

« Bon, ne nous précipitons pas. Reprenons depuis le début. Allons-y pas à pas, n'omettez rien. » Je passe dans mon bureau et j'attrape mon téléphone portable pour l'utiliser comme un dictaphone. « Tournez-vous. » Je passe un tee-shirt, une culotte, le pantalon de ranger qui m'ont été préparés. Xu est assise, les mains jointes entre ses cuisses, le dos rond. Elle regarde le sol, agitée de petits spasmes. Je prends une chaise et m'assois en face d'elle.

« Relevez la tête, redressez-vous, s'il vous plaît. Ce qui est fait est fait. Xu, nous allons récapituler dans le calme et faire le point ensemble. Les numéros de vol sont les seules informations primordiales qu'il vous ait transmises en dialecte mongol ? »

Elle secoue la tête.

« Oui ou non ?

— Non, il m'a dit autre chose de très important. »

« Ann, je vous jure que sur le moment je n'ai pas saisi la portée de ce qu'il me révélait. Je vous le jure, vous êtes la personne la plus importante de ma vie, je ne supporterai pas que vous puissiez avoir un doute. Être condamnée, je l'accepterais, je sais que j'ai commis une faute, mais perdre votre confiance me serait intolérable.

— Poursuivez, Xu, poursuivez. Je ne peux vous décrire dans quel état vous me mettez avec vos atermoiements. »

À nouveau, les larmes lui montent aux yeux.

« Xu, vous n'avez pas perdu ma confiance. De grâce, exprimez-vous.

— Quand il m'a demandé de noter les numéros, je l'ai fait, et les révélations suivantes étaient telles que je l'ai ensuite oublié. C'est lorsque je me suis retrouvée seule avec lui, pendant que vous étiez en vidéoconférence, que j'ai compris soudain combien notre point de vue devrait changer du tout au tout s'il advenait que l'absence de Peter n'était pas fortuite, si en réalité il souhaitait s'adresser à vous et à vous seule, si les enchaînements étaient calculés et orchestrés par eux.

— Continuez, continuez. » Une sorte de panique froide m'envahit en l'écoutant, et dans le même temps le rideau se déchire, enfin. L'incohérence se dissipe comme un brouillard qui se lèverait. Je sens que nous approchons de la vérité, je sens à quel point ce moment pourrait être effroyable en ce qui nous concerne.

« Je lui ai alors demandé pourquoi il m'avait communiqué cette information. Il a souri et m'a ordonné de lui apporter un biscuit et de l'eau, afin de donner le change. Comme je m'exécutais, il a poursuivi : "Il est possible que vous ayez un rôle à jouer, que vous ayez pour mission de dévoiler les renseignements que je vous ai fournis. Je vous interdis, vous m'entendez bien, je vous interdis d'en rien faire sans mon signal explicite."

— Il vous interdisait, et vous vous laissiez faire ? Vous étiez passée sous son contrôle, Xu ! Il vous avait promis quelque chose, il vous menaçait ? »

Elle pleure de plus en plus fort.

« Non ? Vous vous êtes laissé dominer seulement parce qu'il vous avait parlé en mongol ? C'est insensé ! Je vous connais depuis des années, je ne comprends pas comment vous avez pu commettre une faute pareille. Votre comportement est... » Je cherche mes mots, balbutiant tant je suis hors de moi. « ... inqualifiable ! Et là, si vous parlez enfin, c'est qu'il vous en a donné l'autorisation ?

— Non ! En sortant, il m'a juste dit : "Sens-toi libre !"

— Ce n'était pas une exigence, mais une autorisation. Cela revenait au même.

— J'aurais dû vous avertir, Ann, j'aurais dû. Je ne savais plus comment faire. J'étais prisonnière d'un filet et je ne trouvais plus la sortie. Je n'en pouvais plus, alors j'ai voulu me libérer sans attendre et je suis venue vous voir à la fin de votre douche.

— Sans attendre ? La partie est terminée, Xu, il est trop tard. Vous aviez la pièce manquante du puzzle et vous ne me l'avez pas fournie quand j'en avais besoin.

— Il y a encore quelque chose que je dois vous rapporter.

— Quoi, quoi d'autre ?

— Juste à la fin, quand nous nous sommes préparés à sa sortie, il m'a lancé : "Si Ann désire me croiser une dernière fois avant mon départ, ce serait mieux qu'elle vienne dans une tenue invisible."

— Avant quel départ ? De quoi parlait-il ? »

Cette fois, l'excitation remonte, je sens la fièvre s'emparer de mon cerveau.

« De son départ pour Pékin.

— Mais quand ? De quel départ pour Pékin parlez-vous ? »

Je la secoue comme un prunier. Elle tente de se dégager, me repousse en sanglotant de plus belle.

« De son départ aujourd'hui, je crois. À mon avis, il parlait de son vol de tout à l'heure.

— Ça ne veut rien dire, voyons. Comment pourrais-je le voir avant son départ ? Il savait qu'il serait sous le contrôle des services secrets, voire qu'il pourrait être liquidé... »

Au fur et à mesure que je prononce ces mots, mes pensées les dépassent. Je suis stupide, il me l'a dit, une Occidentale étriquée qui raisonne en se conformant aux apparences. Je n'ai rien appris de la Chine et de sa culture – s'extraire de l'évidence, retrouver la réalité derrière les conventions, le théâtre des ombres. Xu ne cherche pas à me contredire, elle semble attendre que je chemine moi-même. Je retrouve mon calme peu à peu, et la lucidité indispensable.

« Il vous a donné une indication du lieu où je pourrais le retrouver avec ma tenue invisible ?

— Oui. Il m'a dit que la maison qu'il préférait dans son village était la première du Parti communiste.

— Je ne comprends pas.

— Moi, je crois que si. Entre ici et l'aéroport, la maison historique du Parti, vous savez, est celle du secrétaire général pour la province, un fidèle du président Hu Jintao.

— Et alors ?

— Ann, je suis persuadée qu'à l'heure actuelle Wang vous y attend. Si vous le voulez, vous pouvez le voir. »

Je résiste encore. « Ce n'est qu'une hypothèse, une hypothèse farfelue. Xu, vous me jurez, vous me donnez votre parole qu'il ne vous a rien dit d'autre ? »

Elle sursaute, pleurniche, se tire les cheveux.

« Ann, je vous en prie, ne me torturez pas vous non plus. Je vous promets sur ce que j'ai de plus cher, sur la mémoire de mon père, sur celle de ma grand-mère qui est morte pendant mes études...

— Oh, n'en rajoutez pas, c'est inutile. Allez à l'essentiel, Xu.

— La maison à laquelle il faisait allusion est si connue chez nous. Je ne peux pas me tromper, je suis certaine qu'il se trouve là-bas. Il m'aurait donné une autre indication s'il pouvait y avoir une ambiguïté.

— En admettant que vous n'ayez pas tort, vous mesurez ce que cela signifie ? Si tout à l'heure il connaissait déjà l'endroit où il attendrait son avion, c'est que le plan était diabolique, mûri de longue date, prévu dans ses moindres détails.

— Je sais, Ann, je sais.

— Et si je m'y rends, comme il vous l'a suggéré avec cette habileté machiavélique, nous continuons de respecter à la lettre le schéma qu'ils avaient tracé. Car ce n'est pas seulement Wang Lijun qui serait impliqué, ce serait une vaste organisation, jouant avec nous comme si nous étions des pantins ou des marionnettes. »

Xu m'écoute. Elle a recouvré son calme, je vois son intelligence remarquable se remettre à fonctionner.

« Oui, Ann, vous avez raison. Mais si vous voulez démêler cet écheveau, il faut que vous en ayez le cœur net, il faut y aller – et sans attendre, car il ne va sans doute pas tarder à décoller. »

Je réfléchis à toute vitesse. La raison devrait m'arrêter, les risques sont maximaux. Ma hiérarchie va me faire sauter, je peux perdre tout le crédit lié à ma gestion de l'événement, tout espoir de sortir de ce trou à rats. Xu complète le tableau par un élément auquel je n'avais même pas pensé : « Ann, si vous dites oui, je veux venir avec vous. Si un malheur survenait, je ne pourrais y survivre.

— Que voulez-vous qu'il m'arrive ?

— Je vous pousse à vous rendre dans un piège éventuel. Vous en savez trop. N'oubliez pas de quoi ces gens sont capables, vous devez vous protéger. »

Je ne sais pas comment, au bout d'une telle fatigue, je peux encore être aussi lucide. Elle a raison, mais je mets en balance l'ensemble des composantes. Il est hors de question d'y associer quiconque, je dois fonctionner sans couverture, sans filet.

« J'y vais. Vous n'avertissez personne, vous m'entendez ? Personne. Trouvez-moi une veste de ranger, une casquette, des lunettes de soleil, je vais prendre le pick-up banalisé aux vitres teintées. Qu'ils le préparent en bas.

— À vos ordres. Ann, vous êtes d'accord, c'est moi qui conduis ? »

Je ne reconnais pas la ville. La sensation est étrange. Derrière les vitres, les avenues, l'architecture ne me semblent en rien semblables à celles de l'agglomération dans laquelle je circule tous les jours depuis des mois.

Nous ne parlons plus. Xu est concentrée comme jamais. Elle a passé elle aussi un uniforme militaire, curieux camouflage. L'idée d'un contrôle de la police locale me traverse l'esprit. Je préfère ne même pas imaginer le clan de Chongqing averti de notre balade, et l'avantage qu'il pourrait en retirer. Les deux *boys* qui nous ont préparé l'automobile n'ont pas posé de questions. Au consulat, ils sont désormais prêts à se faire désosser pour moi sans demander pourquoi. Je me souviens soudain d'un instructeur de West Point racontant combien le commandement des hommes peut être différent une fois que l'on a fait ses preuves au feu.

Les embouteillages habituels, le trafic me paraissent insupportables. Le pire serait que le tigre soit rentré dans la jungle, pensant que je me suis dégonflée ou que nous n'avons pas compris ses messages.

Enfin, Xu se gare, à plus de trois cents mètres de la résidence. « Vous m'attendez ? Je vais en reconnaissance vérifier mon hypothèse.

— Comment allez-vous faire ?

— Je pense que quelques mots en mongol ouvriront les portes, ou au contraire nous pousseront au repli accéléré.

— D'accord, mais hâtez-vous. Wang Lijun nous a quittés depuis plus de trois heures. »

Elle opine et part en courant sur le trottoir.

Ces minutes d'attente comptent parmi les plus longues de mon existence.

Pour ne pas laisser monter l'angoisse, pour éviter trop de pulsations cardiaques, pour ne pas sursauter au moindre passant, je finis par fixer mon attention sur le tableau de bord devant moi, le logo Datsun.

Je ne veux pas fermer les yeux.

Je commence à compter à voix haute.

À trois cent quarante-deux, je m'en souviens avec précision, Xu ouvre la portière, essoufflée, surexcitée.

« J'avais raison ! Il vous attend. Vite ! Nous allons rentrer dans leur garage. »

Elle se remet au volant et démarre à toute allure. Deux grandes portes s'ouvrent à quelques mètres du pick-up. Nous nous engouffrons dans une ouverture noire.

À peine sommes-nous entrées dans un vaste hangar où sont rangés deux ou trois véhicules qu'un lourd rideau de fer tombe derrière nous. Un homme nous indique où nous garer. Des gardes sont postés partout avec des armes automatiques.

Quatre hommes en uniforme sombre nous accueillent et nous entraînent en courant dans des couloirs éclairés par des néons. Xu marche devant moi. Le sang me bat aux tempes, je suis en nage sous ma casquette.

Nous arrivons enfin devant une porte. L'un de nos accompagnateurs frappe avec une déférence marquée. De l'intérieur, il reçoit une autorisation brève. Il ouvre et s'efface pour me laisser passer. Xu s'arrête au seuil. J'hésite. Elle me fait signe d'y aller. Perdu pour perdu, je fonce.

Je touche la tanière secrète du Tigre.

Wang Lijun est seul. Il a changé de chemise, de cravate et de pantalon. Il a dû s'asperger de son eau de toilette, il porte le même parfum que lors de son arrivée au consulat. Une preuve de plus que ses effets personnels l'attendaient ici.

Il me paraît moins tendu qu'au moment de sa sortie – quoique. Je finis par douter de moi, tant j'ai été manipulée depuis le début de cette histoire. Il ne manquerait plus qu'il s'étonne de ma présence, qu'il me demande si j'ai oublié quelque chose, ou pire, qu'il se taise et attende. Je suis capable de lui souhaiter bon voyage et de repartir illico, du moins si cette bande de mafieux n'a pas décidé d'occire une officielle américaine venue se livrer pieds et poings liés et de la faire disparaître sans laisser de traces. Le côté insensé de ma démarche m'apparaît d'un seul coup.

« Madame le consul, quel plaisir de vous revoir, de ne pas en rester à cette détestable sortie, à ces salutations bâclées. »

Presque malgré moi, je me raidis et garde une certaine distance. Les effusions ne sont pas dans mon caractère en général, encore moins en ces circonstances.

« Monsieur Wang, je n'ai pas traversé la ville dans cet accoutrement pour le seul plaisir, réel, je vous l'accorde, de nous livrer à d'émouvants adieux. Mes conversations avec mon adjointe Xu m'ont laissé penser que vous n'aviez pas été d'une totale honnêteté vis-à-vis de moi. Je ne vous cache pas que je trouve le procédé assez peu fair-play, d'autant qu'il ne fut pas réciproque.

— Madame le consul, nous avons été l'un et l'autre les bras armés de nos gouvernements, et, que je sache, vous n'avez pas été d'une transparence absolue au sujet des tractations que menait votre administration quant au sort qui m'était réservé.

— Peut-être, mais il me semble que vous avez un brin exagéré les périls qui vous menaçaient. »

Il hausse un sourcil. « Que voulez-vous dire ? Je vous garantis que si j'avais été récupéré par les gens de Chongqing, voire de Chengdu, ces voyous qui m'attendaient autour de votre consulat, j'aurais été liquidé, j'imagine dans des conditions atroces. Je peux vous assurer également qu'ils n'ont pas goûté la manière dont je les ai baladés, à moi tout seul, pauvre soldat affaibli par l'âge et les épreuves.

— Admettons. Mais il se trouve que vous n'êtes pas tombé entre leurs mains et que le climat qui règne dans cette maison me semble plus protecteur qu'agressif.

— Grâce à vous, chère madame, et je ne suis pas près de l'oublier. J'ai bien des défauts, mais je n'ai pas la mémoire courte. Sans votre accueil, sans votre courage, j'aurais été broyé par la machine de Bo Xilai et des siens. Je vous dois beaucoup.

— Vous *nous* devez beaucoup, à moi et à mon administration.

— Je ne serai pas aussi affirmatif. Permettez-moi de considérer que notre conversation est d'abord privée. Je crains que nos supérieurs respectifs n'apprécient que très peu le prolongement de nos entretiens.

— Pour les miens, je vous le confirme. En ce qui concerne les vôtres, je ne vous cache pas avoir un peu de mal à m'y retrouver. Vous obéissez à qui, si nous parvenons enfin à remettre les choses en ordre ? »

Il sourit, hoche la tête.

« Je ne vous l'ai jamais caché : celui à qui je suis et serai d'une fidélité indéfectible est bien Jiang Zemin. Et s'il faut être plus précis, disons que j'obéis aux ordres de Zeng Qinhong le sage. Vous vous souvenez, n'est-ce pas ? L'ancien vice-président de Jiang, l'homme le plus intelligent du Parti communiste.

— Oui, la mémoire d'éléphant. Ce serait lui, le cerveau de cette opération ?

— Quelle opération ?

— Notre intoxication du début à la fin, par votre entremise et vos pseudo-aveux ! »

J'ai aboyé. Il marque un temps d'arrêt, mais ne paraît pas agacé par mon agressivité.

« La réalité est toujours plus complexe que les résumés en deux ou trois mots que l'on peut en faire.

— Cette opération est bien une vaste comédie jouée à nos dépens, allez-vous enfin le reconnaître ? Vous avez gagné, quoi qu'il en soit.

— Vous avez remarqué : je ne vous ai pas fouillée, je n'ai pas vérifié que vous ne poursuiviez pas vos enregistrements systématiques. Je ne l'ai pas fait parce que j'ai confiance, et aussi, vous avez raison, parce que pour la quasi-totalité des acteurs la partie est considérée comme terminée.

— Sauf pour vous et pour moi.

— Et un ou deux autres. Dont Zeng Qinhong, en effet. Lui seul sait que je vous reçois en ce moment.

— Et ce que nous disons n'est toujours pas fortuit ?

— Peut-être pas. Vous voyez, je joue cartes sur table, comme vous dites. Vous avez parlé d'intoxication, le terme ne convient pas. Nous étions d'abord engagés dans une course de vitesse avec Bo Xilai et Zhou Yongkang. Nous avons été à deux doigts d'être dépassés, et si cela était advenu, les conséquences auraient été terribles pour nous, mais aussi pour vous.

— Vous vous êtes servis de nous.

— Nous vous avons transformés en alliés inconscients. Et nous n'en avons pas de remords, car au final nous avions beaucoup de proximité. Ni vous ni nous n'avions intérêt à une reprise en main de la Chine par un tyran de l'acabit de Bo Xilai.

— Sa chute est programmée ?

— Oui, grâce à notre action commune, la mienne et la vôtre. Attention, l'homme est puissant, il a beaucoup d'appuis. Nombre de numéros 49, de membres d'*Audace de l'Argent* sont des militaires très haut gradés. Ils peuvent nous réserver de mauvaises surprises. Pour l'heure, ils commencent surtout à se délester de leurs économies vers des comptes étrangers, ce qui est plutôt une réaction rassurante, signe d'une défaite considérée comme inéluctable.

— Du coup, nous aidons le vice-président Xi Jinping ?

— Oui, du moins à court terme. Celui-là n'est pas dangereux, mais il faudra sans doute le circonscrire, ainsi que le président Hu Jintao. Ce sont des faibles, tous autant qu'ils sont. Les véritables maîtres sont dans l'ombre.

— Aux commandes d'*Audace de l'Argent* ?

— Oui. Laisser le développement de cette organisation à Bo Xilai a été une lourde erreur dont nous allons payer le prix très longtemps. Ce projet, même s'il nous a échappé, demeure encore pertinent. Il est capital d'en reprendre le contrôle. Cela va coûter de nombreuses vies, je vous le prédis. Et cela passera aussi par de probables scandales ici ou là qui pourraient causer des cataclysmes en cascade. »

Je l'écoute avec une extrême attention. À mon tour d'avoir confiance : je suis presque certaine qu'il parle avec sincérité, pour autant que ce mot ait un sens le concernant.

« Les ramifications d'*Audace de l'Argent* sont plus étendues encore que nous le supposions. C'est un essaim de frelons qui s'est reproduit à toute vitesse. Ce combat-là sera très rude.

— Et là encore, vous pourriez avoir besoin de nous ? »

Il ne rit pas, mais me regarde un instant. « Pour être très honnête, nous ne comptons sur aucun allié, surtout pas sur vous.

— Nous pourrions avoir une utilité, pourtant.

— Voyons, madame le consul, ne soyons pas naïfs, ni vous ni moi. Nous méritons mieux, n'est-ce pas ? Nous sommes ennemis désormais. La Chine veut la tête de l'Occident en général, des États-Unis en particulier. La lutte pour la suprématie mondiale est engagée, et il nous semble évident que l'empire du Milieu occupera tôt ou tard la place qui lui a toujours échu : la première.

— Au moins, vous êtes clair !

— Je vous considère comme un grand soldat, madame – ce que je suis également. Nous nous devons la loyauté, puisque ce moment est un moment de trêve.

— Et ce que nous avons vécu au consulat avait un sens dans la perspective de notre affrontement futur ?

— Oui. Il avait pour but de vous tester. »

Je sais que je viens de faire une grimace involontaire. Par un réflexe masochiste, je m'enquiers : « Et quelle conclusion en avez-vous tirée ?

— Celle que nous présumions : vous êtes non seulement affaiblis, mais, de surcroît, vous êtes devenus un peuple de poltrons. »

Je pourrais le gifler ; je pourrais lui mettre un coup de tête dans le nez. Je serais un homme, sans doute n'aurais-je pas résisté à la tentation. Mais je suis une femme, il le sait.

« Je vous le répète, cette affirmation désagréable ne vous est pas destinée. Toujours à titre personnel, vous m'avez prouvé qu'il existait au sein du peuple américain des caractères impressionnants. Je ne dis pas cela pour vous flatter, je ne flatte jamais personne. Mais vous m'avez surpris, je tenais à vous le dire. Je garderai pour le restant de mes jours une authentique admiration vous concernant. »

J'explose : « Je m'en fous, vous n'imaginez pas à quel point !

— Si, je me le figure très bien. Nous n'avons pas le même système de valeurs, il ne sert à rien de chercher à se convaincre par la discussion. Seul l'affrontement permettra d'établir la supériorité de l'un ou de l'autre.

— Ne tirez pas de conclusions hâtives de nos récentes réactions. La force des États-Unis est le pragmatisme. Mon gouvernement n'a pas perçu dans votre dossier un avantage suffisant pour jouer l'escalade. Point final.

— Non, vous avez tort et vous le savez. Vos politiques ont eu peur d'une poignée de véhicules blindés et de quelques soudards mal armés. Vous avez eu peur de vos médias, vous avez eu peur pour vos échanges économiques, vous avez eu peur d'un refroidissement des relations entre nos pays. Alors vous vous êtes assis sur vos fameux droits moraux. Vous avez jeté à l'eau les grandes idées de la démocratie, vos droits de l'homme, vos idéaux du bien et du mal. Vous avez accepté de me laisser assassiner, alors que ce que je vous apportais méritait au moins une petite crise diplomatique.

— Vous nous auriez enfumés un peu plus.

— C'est possible. Mais souvenez-vous que cela n'a jamais été la raison de votre volte-face. Vous m'avez condamné à mort parce que vous étiez paralysés par votre immense, gigantesque lâcheté : voilà la vérité. » C'est le premier écart de langage qu'il s'autorise vis-à-vis de moi. « Et je ne bluffais pas : il y a bien à Hong Kong des disques durs dont le contenu aurait changé votre stratégie internationale du tout au tout. Pour les assumer, il aurait juste fallu que vous possédiez ce qui a disparu chez vos dirigeants : du courage, de la clairvoyance, une stratégie et des principes. »

Je ne relance pas. J'ai les mâchoires serrées à me faire mal. Que puis-je rétorquer quand je sais au fond de moi qu'il a raison ?

« Cet incident a été révélateur pour beaucoup d'officiels chinois. Ils ne pensaient pas que vous pourriez reculer de manière aussi spectaculaire. Au Politburo, on a porté des toasts à ma santé, croyez-moi. Cette expérience pourrait modifier la vision que portent sur vous la plupart des jeunes élites de mon pays. Ils vous craignaient, tout comme leurs parents, abreuvés de vos mythologies guerrières, de vos films spectaculaires sur grand écran et en Technicolor. À présent, ils ont vu. Comédiens, matamores de carnaval. Par-devant les grands gestes de défi, et la débandade en cas de danger. »

Son discours me fatigue. Je me prépare à tourner les talons, je ne suis pas venue pour prendre des leçons de ce criminel, quand bien même elles seraient en partie justifiées.

« Au lieu de gloser sur nos faiblesses, occupez-vous des vôtres. Je crois savoir qu'elles ne sont pas négligeables non plus.

— Je vous le concède.

— Votre petite mise en scène devrait vous permettre de circonscrire l'action d'un Hilter en puissance. Mais si vous pensez en tirer d'autres conclusions sur l'état de mon pays, prenez garde : vous allez finir par croire en vos propres élucubrations. Il me reste à vous souhaiter bonne chance.

— Et bonne chasse.

— Pourquoi ?

— Notre mise en scène, puisque c'est ainsi que vous avez choisi de la dénommer, avait une autre finalité, qui s'est révélée justifiée.

— Qui serait ?

— La réalité des appuis en Chine et hors de Chine dont pourrait bénéficier *Audace de l'Argent*. Là aussi, l'expérience a été... plus qu'édifiante. Au fait, vous l'ignorez encore, mais l'avion d'Australie vient d'établir un plan de vol pour revenir à Pékin... Vous vous souvenez de ce que je vous avais dit au début de cette histoire ? Ne pas vous en tenir à la surface des choses. »

Il est vraiment très fort. À nouveau, il vient de susciter en moi un frisson, à la fois d'intérêt et d'appréhension.

« Beaucoup de gens ont bougé un peu partout. Des gens très haut placés, auxquels nous n'avions pas toujours pensé. En Chine, notre organisation devrait nous permettre de gérer ces listes parfois inattendues. Mais en fait non, ce n'est pas là le plus important.

— Ah bon, alors que serait l'essentiel ?

— L'importance des relais chez vous.

— De quels relais parlez-vous ? Des liens avec *Audace de l'Argent* ? Vous êtes fou ?

— Non. Là, je peux vous l'avouer, il s'agissait bien d'un plan : nous voulions identifier certains responsables qui chez vous pouvaient lui être associés. Nous le soupçonnions auparavant, et le moins que l'on puisse dire est que nous en avons eu la confirmation éclatante.

— Vous sous-entendez que des personnes aux États-Unis ont réagi ?

— Des personnes ayant de très importantes responsabilités, dans de très grandes banques par exemple, ont eu le même comportement de sauvegarde que la triade ; alors oui, nous en avons la certitude. Mais pas seulement dans le monde de la finance.

— Où, alors ? Dans l'industrie ? »

Il n'a pas besoin de parler ; il essuie ses lunettes.

« Dans l'administration... Au gouvernement ? »

Il hoche la tête. « Je crois qu'il serait nécessaire que vous étudiiez de très près la chaîne de responsabilités ayant abouti au refus de m'accorder l'asile politique.

— Vous voulez dire...

— Oui. Nous savons avec certitude que des décisions ont été prises en tenant compte d'un certain nombre d'impératifs.

— Vous vous rendez compte de ce que vous insinuez ?

— Je n'insinue rien, madame le consul. J'en ai la certitude, c'est différent. De notre côté, nous allons poursuivre la traque, vous pouvez nous faire confiance. Du vôtre, j'en suis moins sûr.

— Qu'allez-vous faire ?

— Vous verrez : dans les mois qui viennent, de très grandes banques, et pas forcément chinoises, seront impliquées dans des scandales ; des patrons devront démissionner, des voiles se déchireront. Mais, je vous le répète, il est certains endroits où, en dépit de notre volonté, nous ne pourrons porter le fer. » Il sourit en me regardant.

« Vous voulez dire que nous aurons à mener notre part du ménage ?

— Des gens comme vous, oui. Vous pourriez avoir un rôle à jouer, demain ou après-demain.

— Quel rôle ? Moi, je ne suis qu'une petite fonctionnaire.

— Tout comme moi. Mais il advient qu'à certaines époques les simples gardiens puissent devenir importants, surtout quand ils sont incorruptibles. Un jour, vous en serez peut-être réduite à nous demander l'asile pour tenter de faire éclater la vérité. »

Je souris à mon tour.

« Vous seriez la bienvenue, je vous assure. En attendant, il faut que vous aussi vous acceptiez votre destin de tigre.

— De tigre ? Je ne tiens pas à avoir une quelconque parenté avec vous, cher monsieur Wang.

— Vous avez tort. Vous connaissez le proverbe de Sun Tzu ? *" Lorsqu'un chat se tient à l'entrée du trou du rat, dix mille rats ne se hasardent pas à en sortir ; lorsqu'un tigre garde le gué, dix mille cerfs ne peuvent le traverser."* »

Le Cap-Ferret, le 20 août 2012

Glossaire

Agence Chine Nouvelle (*Xinhua* en pinyin) : Principale agence de presse nationale chinoise, rattachée au Conseil des affaires d'État, dirigé par le Premier ministre.

Ann Robertson : voir Robertson Ann.

Audace de l'argent : *Organisation fictive.* Cette triade imaginaire serait contrôlée par Bo Xilai aux fins de sa prise de pouvoir personnelle et expliquerait la défiance du camp des *princelings*, conduisant à l'initiative de Wang Lijun.

Bâton rouge : *Appellation réelle.* Grand officier d'une triade, en charge de la répression et donc, à ce titre, maîtrisant les arts martiaux. Son code secret est le « 426 ».

Bo Guagua : *Personnage réel.* Âgé de vingt-quatre ans au moment de l'*incident de Wang Lijun*, il est le second fils de Bo Xilai et de Gu Kailai. Après avoir été le premier citoyen chinois admis à la Harrow School, en Angleterre, il a fait ses études à Oxford et à Harvard, en particulier grâce aux conseils de Neil Heywood, décédé peu après son admission au sein de l'université américaine.

Bo Xilai : *Personnage réel*. Homme politique chinois, né en 1949, au centre de l'*incident de Wang Lijun* relaté dans cet ouvrage. Fils de Bo Yibo, l'un des « huit immortels » du Parti communiste chinois, Bo Xilai est considéré comme l'un des plus importants « princes rouges » (*princelings*). Personnage charismatique et controversé, notamment en raison de sa participation active à la répression contre le mouvement Falun Gong, il a été maire et secrétaire du Parti communiste de la ville de Dalian entre 1992 et 2000, ministre du Commerce de la République populaire de Chine de 2004 à 2007, secrétaire du Comité central du Parti communiste pour la ville de Chongqing entre 2007 et 2012. Dans ce dernier poste, il a livré une guerre impitoyable aux organisations mafieuses, les triades, ce qui aurait dû lui permettre d'accéder aux plus hautes fonctions lors du XVIIIe Congrès du Parti communiste chinois, à l'automne 2012. Ces fonctions lui avaient été refusées lors du XVIIe Congrès du fait de l'opposition farouche du Premier ministre Wen Jiabao (le Parti se rangea finalement à cette opinion, en raison de la crainte d'une inculpation de Bo Xilai pour crimes contre l'humanité à cause de ses agissements contre Falun Gong, en particulier à Dalian). À la suite de l'implication reconnue de sa deuxième épouse, Gu Kailai, dans l'assassinat d'un ressortissant anglais, Neil Heywood, Bo Xilai a été démis de ses fonctions en mars 2012, puis exclu du Comité central du Parti communiste chinois en avril et enfin exclu du Parti communiste en octobre de la même année. Son procès pourrait avoir lieu avant le XVIIIe Congrès.

Bo Yibo : *Personnage réel*. Homme politique chinois (1908-2007), père de Bo Xilai. En tant que révolutionnaire et combattant de la première heure au côté de Mao Zedong, il est considéré comme l'un des « huit immortels » du Parti communiste chinois (avec Deng Xiaoping, Chen Yun ou Li Xiannian, entre autres). Vétéran de la lutte contre le Kuomintang et contre les Japonais, il jouit d'un immense prestige posthume au sein de l'armée chinoise. Parmi les nombreuses fonctions exercées par Bo Yibo au sommet de l'État, on peut citer la vice-présidence permanente de la Commission centrale des conseillers du Comité central.

Bureau 610 : *Organisation « supposée » réelle*. Bureau de la sécurité, spécialement créé le 10 juin 1999 – d'où son nom – par le président Jiang Zemin, en vue de réprimer la montée en puissance de Falun Gong. Il n'a jamais été reconnu officiellement par le gouvernement chinois. Le « supposé » bureau 610 est « supposé » être dirigé par Zhou Yongkang, qui aurait succédé à Luo Gan, premier dirigeant « supposé » du 610, puis à Li Lanqing. D'anciens membres du bureau 610 ont demandé en 2005 l'asile politique en Australie et révélé les activités réelles du bureau. L'organisation serait très puissante à l'intérieur de l'État chinois ; elle ne ferait l'objet d'aucune législation officielle et aurait l'autorisation de recourir à toutes les agences et autorités publiques, locales ou centrales.

Chen Heping : *Personnage réel*. Homme politique chinois, délégué au Parti communiste pour les questions d'autorité et d'ordre public de la province du Sichuan, adjoint du maire de Chongqing, Huang Qifan, homme lige de Bo Xilai. C'est lui qui négocia avec les autorités américaines pendant l'*incident de Wang Lijun*, avant de devoir s'effacer devant Kong Tao.

Chengdu : Ville chinoise dont la population est estimée à 14 millions d'habitants ; capitale de la province du Sichuan, elle bénéficie à ce titre d'un consulat américain, où se sont déroulés en février 2012 les faits appelés l'*incident de Wang Lijun*, qui ont inspiré ce roman.

Chongqing : Ville chinoise de 28 millions d'habitants ; autrefois administrativement l'une des villes de la province du Sichuan, elle a connu un tel développement économique et démographique qu'elle est devenue une municipalité autonome. Son maire est Huang Qifan (cité dans le roman), le secrétaire général du Parti communiste est Zhang Dejiang (vice-Premier ministre de la République populaire de Chine), occupant ce poste après Bo Xilai, l'un des principaux personnages de ce roman.

Clinton Rodham Hillary : *Personnage réel*. Secrétaire d'État des États-Unis (l'équivalent du ministre des Affaires étrangères, en France), à l'époque de l'*incident de Wang Lijun*.

Clique de Shanghai : *Mouvement réel*, également appelée « faction de Shanghai ». Cette appellation désigne le groupe d'officiels du Parti communiste chinois ayant occupé les plus hautes fonctions politiques à partir de 1992, grâce à leur proximité avec le président Jiang Zemin, ancien maire de Shanghai. On peut citer, parmi ses membres les plus connus, Wu Bangguo, Jia Qinglin, Zeng Qinhong, ou encore Zhou Yongkang.

Comité d'action unie : *Organisation réelle*, également appelé Liandong. Faction parmi les plus dures des gardes rouges pendant la Révolution culturelle, dont fit partie Bo Xilai, lequel fit plusieurs longs séjours en camp de travail à cause des actions ultra violentes menées par le comité.

Corbeau Blanc **(opération)** : *Opération fictive*, montée par Wang Lijun pour infiltrer les mafias sud et nord-américaines à partir d'une cargaison de drogue.

Dalian : Ville chinoise de la province du Liaoning (autrefois appelée Port-Arthur), comptant 6 millions d'habitants. Elle est au cœur de l'affaire Bo Xilai et de l'*incident de Wang Lijun*, car c'est à Dalian que se sont nouées de multiples connexions entre les personnages de ce livre. L'essor récent de la ville, entre 1992 et 2000, doit beaucoup à son maire, Bo Xilai. C'est à Dalian que ce dernier rencontra Wang Lijun. Il est à noter aussi que l'artiste et anatomiste allemand Gunther von Hagens y a implanté sa société, Von Hagens Dalian Plastination Ltd, pour y collecter facilement de nombreux cadavres fournis par les autorités de la ville en provenance des différentes prisons et camps de travail de la région (selon une enquête du journal *Der Spiegel* parue en 2004).

Deng Xiaoping : *Personnage réel*. Dirigeant chinois historique (1904-1997), le deuxième en importance après Mao, originaire du Sichuan. Pour l'anecdote, on peut signaler qu'il a débuté comme ouvrier en France, dans les usines Schneider, Hutchinson, Renault et Kléber, avant de partir pour l'URSS. Deng a participé à tous les combats d'avant la Seconde Guerre mondiale au côté de Mao. Après la révolution, il conquiert la ville de Chongqing, dont il devient le maire, et chasse Tchang Kaï-chek de Chengdu, dernier territoire détenu par les forces contre-révolutionnaires. À partir des années 1950, il poursuit son ascension politique à Pékin, où il se fait remarquer par son zèle, son efficacité et sa brutalité dans la répression impitoyable des ennemis du régime. Après l'échec du Grand Bond en avant, il se concentre davantage sur les affaires économiques, donnant notamment un coup d'arrêt à la collectivisation des terres. En réponse, Mao lance alors la Révolution culturelle, dirigée en particulier contre Deng, en s'appuyant sur les forces de la jeunesse. Deng et sa famille subissent tant de vexations durant cette période que son fils, cherchant à échapper aux humiliations des gardes rouges, se défenestre à l'université de Pékin. À la mort du successeur désigné de Mao, Lin Biao, Deng retrouve peu à peu le pouvoir. D'abord freiné par la Bande des Quatre, il voit son chemin barré par Hua Guofeng et Zhou Enlai. Ce dernier, atteint d'un cancer, lui délègue cependant un pouvoir croissant. Après la mort de Mao, Hua Guofeng doit progressivement s'effacer au profit de Deng, qui prend la tête du pays à partir de 1979. Il lance alors de vastes réformes économiques engageant son pays sur la voie d'une modernité accélérée. Il en résulte des craquements dans une société chinoise cherchant à se libérer du carcan du Parti communiste, ce qui débouche sur les événements de Tian'anmen, à Pékin, en 1989. La répression, terrible, est menée par Deng. Néanmoins, après cette violente reprise en main, le rythme des réformes économiques s'accélère encore, et Deng choisit son successeur en la personne du maire de Shanghai, Jiang Zemin.

Jusqu'à sa mort, le 19 février 1997, il continue cependant d'exercer une très forte influence occulte, n'hésitant pas, à près de quatre-vingt-dix ans, à ordonner d'aller encore plus vite sur le chemin de la croissance.

Éventail de papier blanc : *Appellation réelle.* Grand officier d'une triade, en charge des questions financières. Son code secret est le « 415 ».

Falun Gong : *Mouvement réel.* Falun Gong, ou Falun Dafa, est un mouvement spirituel chinois fondé en 1992 par Li Hongzhi et présenté notamment dans deux livres, *Falun Gong* et *Zhuan Falun*. Son principe est d'associer à des pratiques de qi gong (la gymnastique chinoise traditionnelle) une doctrine moraliste métaphysique proche du bouddhisme et du taoïsme. Relativement obscur et relayé par les autorités chinoises à ses débuts (Li Hongzhi donna, par exemple, une série de neuf conférences en 1995 à Paris dans les locaux de l'ambassade de Chine), Falun Gong connut un succès foudroyant à partir de 1995. Le nombre de ses pratiquants s'éleva à plusieurs dizaines de millions, même s'il est difficile de les répertorier. Le président chinois de l'époque, Jiang Zemin, finit par s'en émouvoir et, à partir de 1996, le mouvement fut considéré comme suspect. En 1999, Falun Gong fut interdit et une répression de plus en plus dure fut mise en œuvre, dans laquelle s'illustrèrent, entre autres, Bo Xilai et Zhou Yongkang. Les autorités chinoises avertirent Interpol et lancèrent contre Li Hongzhi un mandat d'arrêt international, qui fut ignoré par la plupart des grands pays. Li Hongzhi fut accueilli par les États-Unis et vit désormais à Brooklyn. Les opérations contre Falun Gong auraient été coordonnées par le « supposé » bureau 610, créé à cet effet par Jiang Zemin. L'étendue des moyens utilisés à l'encontre des pratiquants de Falun Gong fait l'objet de controverses. Il faut noter qu'en 2012 le simple fait de rechercher le mot « Falun » sur Internet en Chine entraîne une déconnexion automatique.

Gonganbu : *Organisation réelle*. Ministère de la Sécurité publique de la République populaire de Chine. Il s'agit de la principale autorité policière du pays. Il compterait près d'un million de fonctionnaires en 2012. Il est chargé, entre autres, de la lutte contre le crime organisé (les triades), la gestion des *laogai* (les camps de travail), le *huji* (système de fichage des particuliers). Les fonctions paramilitaires sont du ressort de la Police armée du peuple. Le ministre actuel est Zhou Yongkang, son vice-ministre est Meng Hongwei.

Gordon Tim : *Personnage fictif*. Haut fonctionnaire américain en poste à l'ambassade de Pékin.

Gu Kailai : *Personnage réel*. Née en 1958, elle est la seconde épouse de Bo Xilai et figure au centre de l'*incident de Wang Lijun* en raison de son implication dans le meurtre d'un citoyen britannique, Neil Heywood, et de la déchéance de Bo Xilai qui s'en est suivie. Fille du général Gu Jinsheng, descendante de la dynastie séculaire des Song, elle devint une juriste réputée, auteur de nombreux livres (dont le célèbre *Comment gagner un procès aux États-Unis*) et est considérée comme connaissant très bien le système américain. Le 20 août 2012, elle a été condamnée à mort avec sursis, au terme d'un procès ayant eu un grand retentissement international. Elle est la mère de Bo Guagua.

Guoanbu : *Organisation réelle*. Ministère de la Sécurité de l'État en République populaire de Chine, qui administre probablement les services secrets chinois. Fondé en 1983, il est issu de la fusion du Diaochabu (département chargé des enquêtes et investigations) avec les services du contre-espionnage du ministère de la Sécurité publique. L'actuel ministre de la Sécurité de l'État est Geng Huichang, qui a succédé à Zhou Yongkang en 2007.

Hakluyt : *Organisation réelle*. Hakluyt & Company est une entreprise britannique créée en 2011, spécialisée dans le conseil et l'intelligence économique. Le siège de la société est à Londres, mais elle a des bureaux à New York et à Singapour. Fondée par d'anciens officiers des services secrets britanniques (MI6), Hakluyt a notamment été mise en cause par la presse pour avoir usé de manœuvres dilatoires dans l'infiltration de groupes défenseurs de l'environnement, alors qu'elle travaillait pour BP et la Shell (selon le *Sunday Times*). Dans le comité consultatif de cette petite entreprise, dont le chiffre d'affaires s'élève à 26 millions de livres, on trouve notamment d'anciens présidents de Coca-Cola, Mitsubishi, la Fédération allemande de l'industrie, HSBC, Rolls-Royce, d'anciens ministres australiens, un sénateur américain, un secrétaire général adjoint des Nations-Unies, et Javier Solana, ex-secrétaire général de l'ONU et ancien ministre des Affaires étrangères de l'Union européenne. Hakluyt a été plusieurs fois cliente de Neil Heywood, assassiné en novembre 2011 par Gu Kailai.

Haymond Peter : *Personnage réel*. Consul américain de Chengdu à l'époque de l'*incident de Wang Lijun*.

Heywood Neil : *Personnage réel*. Homme d'affaires britannique (1970-2011), lié à la famille Bo, aussi bien à Xilai qu'à son épouse, Gu. Consultant pour de nombreuses sociétés anglaises s'implantant en Chine, comme Aston Martin ou Rolls-Royce, il passa plusieurs contrats avec Hakluyt, une société fondée par un ancien officier des services secrets britanniques. Des rumeurs insistantes faisaient de Neil Heywood un membre des services secrets, ce que réfuta expressément William Hague, Foreign Secretary, dans un démenti très inhabituel de l'administration britannique sur le sujet ultrasensible de l'identité de ses agents. Heywood avait épousé Wang Lulu, une Chinoise originaire de Dalian, fille d'un dignitaire militaire. Ils ont eu deux enfants. Selon ses propres aveux lors de son procès au mois d'août 2012, Gu Kailai assassina Heywood par empoisonnement.

Hu Jintao : *Personnage réel*. Homme politique chinois, né en 1942 à Jixi, à trois cents kilomètres de Shanghai, secrétaire général du Parti communiste chinois et président de la République populaire de Chine de 2002 à 2012. Il est considéré comme le chef des *tuanpai*, les représentants des Ligues de la jeunesse, qui n'ont pas d'ascendance glorieuse parmi les grands fondateurs de la Chine communiste. Ingénieur de formation, il a commencé son ascension en 1988.

Hu Ming : *Personnage réel*. Mère de Bo Xilai, épouse de Bo Yibo, elle mourut lors de son transfert en prison en se jetant de la voiture cellulaire. Il ne fut jamais établi si elle s'était suicidée pour se soustraire aux tortures que lui infligeaient les gardes rouges ou si ceux-ci l'avaient assassinée.

Huang Qifan : *Personnage réel*. Homme politique chinois, maire de Chongqing au moment de l'affaire Wang Lijun, il était l'un des alliés fidèles de Bo Xilai. Ce fut lui qui ordonna à la police de Chongqing de tenter la récupération de son ancien chef de la sécurité, réfugié au consulat de Chengdu. Il reconnut avoir commandé en personne l'opération.

Jiang Zemin : *Personnage réel*. Homme politique chinois, né en 1926 à Yangzhou, secrétaire général du Parti communiste chinois de 1989 à 2002, président de la République populaire de Chine de 1993 à 2003. Ingénieur de formation, il connaît une ascension politique tardive, après une carrière de dirigeant technique. Devenu maire de Shanghai en 1985, il entre au Bureau politique du Comité central lors du XIIIe Congrès. Il gagne la confiance de Deng Xiaoping en soutenant sans réserve la répression consécutive aux manifestations de la place Tian'anmen, en 1989. Il devient en très peu de temps l'homme fort du régime et accède au pouvoir dès le XIVe Congrès, alors que Deng est toujours vivant. En tant que chef de file de la troisième génération des dirigeants communistes chinois, il poursuit la politique d'ouverture, de réformes et de développement de Deng, tout en récupérant Hong Kong et Macao, et en recherchant également la réintégration de Taïwan. Il s'entoure de plusieurs collaborateurs déjà à ses côtés lorsqu'il était maire de Shanghai, ce qui leur vaut l'appellation de

« Clique (ou faction) de Shanghai ». Jiang Zemin s'inquiète en 1999 de la montée du mouvement Falun Gong, pour lequel il organise une répression forte, orchestrée par le « supposé » bureau 610. À ce titre, ainsi que pour avoir orchestré la répression au Tibet, il fait l'objet de plaintes pour génocide et crimes contre l'humanité qui n'ont jamais abouti. À partir de 2002, il organise sa propre succession en douceur, à l'image de celle de Deng, tout en conservant, comme lui, une très forte influence sur le pouvoir. Il demeure l'une des figures tutélaires des *princelings*.

Kong Tao : *Personnage réel*. Businessman chinois, directeur général de l'Asia Hotel, à Pékin, filleul de Zhou Yongkang. Il a été le négociateur ultime pour la reddition de Wang Lijun.

Lanterne bleue : *Appellation réelle*. L'expression désigne le membre associé d'une triade, non initié et situé au bas de la hiérarchie. Ce grade ne bénéficie pas d'une désignation chiffrée.

Li Danyu : *Personnage réel*. Première épouse de Bo Xilai, fille de Li Xuefeng. Selon un article du *New York Times* daté d'octobre 2012, Li Wangzhi, le fils que Li Danyu eut avec Bo Xilai, âgé de trente-cinq ans, diplômé de Columbia et de l'université de Pékin, a été soupçonné par Gu Kailai d'avoir tenté de l'empoisonner.

Li Hongzhi : *Personnage réel*. Fondateur et théoricien du mouvement Falun Gong, né en 1952 à Gongzhuling. À partir de 1999, il est victime de poursuites du gouvernement chinois, et, son passeport lui ayant été retiré, il s'exile aux États-Unis où il vit toujours. Il avait été proposé en 2001 pour le prix Sakharov. Il faut noter qu'en 2012 le simple fait de rechercher son nom sur Internet en Chine entraîne une déconnexion automatique.

Li Keqiang : *Personnage réel*. Homme politique chinois, né en 1955 à Dingyuan, dans la province d'Anhui. Vice-Premier ministre au moment du XVIIIe Congrès qui débute en novembre 2012, il est supposé succéder à Wen Jiabao en tant que Premier ministre. Li Keqiang appartient plutôt au clan des *tuanpai*, moins par son père, officiel du Parti mais de rang modeste, que par son mariage avec la fille du vice-secrétaire du Comité central de la Ligue des jeunesses communistes (dont Li Keqiang sera lui-même premier secrétaire). Il a exercé de nombreuses fonctions gouvernementales et fut, avant son accession au Comité permanent du Politburo, en charge de la province de Henan, puis de celle du Liaoning. Il aurait pu succéder à Hu Jintao si Xi Jinping n'avait pris sur lui un avantage déterminant au moment du XVIIe Congrès.

Li Lanqing : *Personnage réel*. Homme politique chinois, né en 1932 à Zhengjang, dans la province de Jiangsu. Il a occupé les fonctions de vice-Premier ministre, après le XVe Congrès, de 1998 à 2003. Proche du président Jiang Zemin, il est « supposé » avoir été le deuxième dirigeant du « supposé » bureau 610.

Li Xuefeng : *Personnage réel*. Homme politique chinois (1907-2003). Dignitaire communiste de la première heure, il était le père de Li Danyu, la première épouse de Bo Xilai, que ce dernier abandonna au moment de la révolution culturelle. Li

Xuefeng ne le pardonna jamais à son gendre et, après sa réhabilitation en 1982 (il avait été victime de la purge du début des années 1970), fit tout pour entraver son ascension. C'est à la mort de Li Xuefeng, à l'âge de quatre-vingt-dix-sept ans, que Bo Xilai retrouva vraiment la possibilité de revenir à Pékin pour y exercer des fonctions gouvernementales.

Liaoning : province chinoise du nord-est de la Chine, frontalière de la Corée-du-Nord, dont la capitale est Shenyang et la seconde ville Dalian par l'importance de la population.

Locke Gary : *Personnage réel*. Ambassadeur américain en poste à Pékin à l'époque de l'*incident de Wang Lijun*.

Luo Gan : *Personnage réel*. Homme politique chinois né en 1935 à Shandong. Proche du président Jiang Zemin, il est « supposé » avoir été le premier dirigeant du « supposé » bureau 610.

Ma Biao : *Personnage réel*. Homme d'affaires chinois, membre du premier cercle de Bo Xilai, spécialisé dans la finance internationale. Il a fait partie, avec Yu Junshi et Xu Ming, de l'expédition en Australie ; il a été arrêté à son retour, en mars 2012.

Maître de la montagne : *Appellation réelle*. Dans une triade, l'expression désigne le chef suprême, également appelé « tête de dragon », représenté par le code secret « 489 ». Elle fait référence à l'autorité morale du chef de la triade, tandis que l'appellation

« tête de dragon » renvoie davantage à sa domination physique.

Maître des encens : *Appellation réelle*. Grand officier d'une triade, en charge du recrutement des membres extérieurs. Son code secret est le « 438 ».

Mao Zedong : *Personnage réel*. Homme politique chinois, l'un des géants du XXe siècle, né en 1893 dans la province de Hunan, mort à Pékin en 1976. Il est le fondateur et le dirigeant de la République populaire de Chine.

Numéro 49 : *Appellation réelle*. Numéro de code désignant les membres ordinaires des triades chinoises, simples soldats ayant néanmoins fait l'objet d'une initiation, à la différence des lanternes bleues.

Police armée du peuple : *Organisation réelle*. La PAP est une police à statut militaire dont le commandement est assuré par une structure duale entre le ministère de la Sécurité publique et la Commission militaire centrale. Elle compte 14 divisions et environ 1,5 million d'hommes. Elle est actuellement commandée par le général Wu Shuangzhan et assure notamment la sécurité du consulat américain de Chengdu.

Politburo : *Organisation réelle*. Également appelé Bureau politique du Comité central du Parti communiste chinois, le Politburo est un groupe de 19 à 25 personnes élues par le Comité central pour diriger le Parti et donc pour gouverner la Chine. Son secrétaire général est le président chinois en fonction. Ses autres participants sont les neuf membres du Comité permanent du Politburo, auxquels s'ajoutent les autres membres élus.

Princelings : *Appellation réelle*. Princes héritiers, princes rouges. Ces expressions désignent les descendants de hauts dirigeants communistes du passé. Il ne s'agit pas d'une organisation officielle et structurée, mais d'un réseau néanmoins très puissant et cohérent.

Qiu Jin : *Personnage réel*. Homme politique chinois, vice-ministre de la Sécurité de l'État, chargé par Zhou Yongkang d'obtenir la reddition de Wang Lijun.

49 : Voir Numéro 49.

14K, ou *14 Karat* : *Organisation réelle*. Ce serait une des plus importantes triades chinoises. Créée en 1945 pour soutenir le Kuomintang, basée à Hong Kong, elle compterait près de 20 000 membres et serait implantée en Europe, aux États-Unis, au Canada, en Russie, en Australie, à Macao, à Taïwan, aux Philippines, au Japon.

415 : Voir Éventail de papier blanc.

426 : Voir Bâton rouge.

432 : Voir Sandale de paille.

438 : Voir Maître des encens.

489 : Voir Maître de la montagne, Tête de dragon.

Robertson Ann : *Personnage fictif*. Vice-consul américaine, adjointe de Peter Haymond, consul américain à Chengdu.

Sandale de paille : *Appellation réelle*. Grand officier d'une triade, en charge des relations extérieures. Son code secret est le « 432 ».

Sichuan (province) : Province du centre ouest de la Chine, de plus de 80 millions d'habitants (chiffres officiels), dont la capitale est Chengdu, ville où se déroule toute l'action de ce roman.

Sina Weibo : *Appellation réelle*, signifiant littéralement « microblogage nouvelle vague ». Site de microblogging hybride entre Twitter et Facebook, le plus connu des weibos chinois. Sina Weibo renforce sans cesse ses équipes de censure pour parvenir à maîtriser le contenu des informations échangées.

610 (bureau) : Voir Bureau 610.

Sun Yee On : *Organisation réelle*. Ce serait la plus importante triade chinoise. Créée en 1919, basée à Hong Kong, elle compterait entre 25 000 et 50 000 membres, et serait implantée en Europe, aux États-Unis, au Canada, en Russie, au Vietnam, à Macao, en Thaïlande et en Chine, dans la province du Guangdong.

Tchong (vice-colonel) : *Personnage fictif*. Il a accepté de conduire Wang Lijun au consulat américain de Chengdu et, ne le voyant pas revenir, a donné l'alerte.

Tête de dragon : *Appellation réelle*. Voir Maître de la montagne.

Triades : *Organisations réelles*. Nom donné aux différentes mafias chinoises, aujourd'hui basées surtout à Hong Kong, Macao ou Taïwan. À l'origine, les triades étaient des organisations secrètes créées pour résister à la dynastie mandchoue des Qing, à la fin du XVIIe siècle. Leur but était de restaurer l'ancienne dynastie chinoise Ming ; il s'agissait donc de sociétés patriotiques ayant un fondement spirituel. Au XXe siècle, les triades ont pris un caractère plus politique. Il s'agissait de contrer l'affaiblissement de la Chine résultant de l'occupation occidentale, de l'invasion japonaise, de la montée du mouvement communiste. De nos jours, les triades sont avant tout des organisations criminelles gérant le trafic de drogue, notamment en provenance du Triangle d'or, la prostitution, les jeux de hasard illégaux.

Tuanpai : *Mouvement réel*. Cette appellation, qui peut être traduite par « ligue de la jeunesse », désigne le clan des cadres dirigeants du Parti communiste chinois ayant été membres de la Ligue des jeunesses communistes. Les *tuanpai* ont accédé au pouvoir grâce à leur chef de proue, le président Hu Jintao, avec l'accord de son prédécesseur, le président Jiang Zemin. Le clan des *tuanpai* s'oppose au clan des *princelings*, héritiers et descendants des héros de la révolution.

Wang Lijun : *Personnage réel*. Protagoniste majeur de ce livre. Wang Lijun est né en 1959 à Arxan, dans la province de Mongolie-Intérieure. Il a accompli l'essentiel de sa carrière à partir de 1983 dans la Sécurité publique. Si, en 1984, il était agent de circulation dans la province de Liaoning, il gravit assez rapidement les échelons ; adjoint du directeur de la Sécurité publique à Tiefa (province du Liaoning), il occupa ensuite le même poste à Tieling, dans la même province, avant de prendre en 2000 la direction de la Sécurité de cette ville. Il s'y illustra rapidement dans sa lutte contre la corruption et le crime organisé, et surtout contre le mouvement Falun Gong. Wang Lijun devint spécialiste de médecine légale, capable de pratiquer lui-même des autopsies (il fut même nommé professeur de recherche honoraire par un organisme américain, le Henry Lee Institute of Forensic Science). Il est à noter que, durant cette période à Tieling, il fut impliqué dans un scandale de corruption qui n'a jamais été totalement éclairci. Le gouverneur de la province du Liaoning, Zhang Guougang, également compromis dans une affaire de corruption, fut remplacé en 2001 par Bo Xilai. Ce dernier demanda à Wang Lijun de le suivre à Chongqing, où Wang finit par devenir son bras droit en 2008, vice-maire, en charge des questions de sécurité. L'énorme retentissement de la lutte contre les triades valut à Wang Lijun la célébrité dans toute la Chine, une célébrité relayée par les médias. Son personnage devient même le héros d'un téléfilm de fiction à succès. Arrêté à la suite de l'incident qui porte son nom, il a été condamné le 24 septembre 2012 à quinze ans de prison pour les chefs d'accusation de défection, corruption et abus de pouvoir.

Wang Yang : *Personnage réel*. Homme politique chinois, né en 1955 à Guangdong. Il a été le prédécesseur de Bo Xilai à Chongqing, et plusieurs fois incriminé de manière indirecte par ce dernier lors de sa lutte contre les triades. Devenu secrétaire du Parti à Guangdong, il y a développé une approche radicalement différente de celle préconisée par Bo Xilai. Il devrait être l'un de ceux ayant le plus à gagner à la déchéance de son concurrent objectif dans la lutte pour les plus hautes fonctions au sommet de la Chine.

Wei Xu : *Personnage fictif*. Adjointe chinoise d'origine mongole d'Ann Robertson, titulaire d'un doctorat d'histoire politique à l'université de Georgetown (Washington, DC).

Wen Jiabao : *Personnage réel*. Homme politique chinois, né en 1942 à Tianjin. Géologue de formation et membre des *tuanpai*, il a vu sa carrière politique s'accélérer au début des années 1990 et surtout à partir du XIVe et du XVe Congrès. Il occupe depuis 2003 la fonction de Premier ministre de la République populaire de Chine.

Wen Qiang : *Personnage réel* (1956-2010). Chef adjoint de la police de Chongqing pendant seize ans, il devint ensuite directeur du bureau judiciaire de Chongqing. Sa belle-sœur était Xie Caiping, marraine d'une triade. Convaincu de corruption et de détournements de fonds, il a été arrêté, condamné à mort et exécuté en 2010. Sa femme et trois de ses complices sont toujours emprisonnés.

Xi Jinping : *Personnage réel*. Homme politique chinois, né en 1953 à Pékin. En tant que vice-président de la République populaire de Chine au moment du XVIIIe Congrès du Parti communiste chinois, en novembre 2012, il est supposé succéder à Hu Jintao et accéder à la fonction de président. Il devrait le rester jusqu'au XIXe Congrès, en 2018, et le cas échéant, être reconduit jusqu'en 2022, date du XXe Congrès. Xi Jinping est un *princeling*, puisqu'il est le fils de Xi Zhongxun, ancien vice-président de l'Assemblée populaire, ancien vice-Premier ministre, victime de Mao en 1962 et réhabilité ensuite par Deng. Xi Jinping a été d'abord marié à la fille de l'ambassadeur de Chine en Grande-Bretagne, avant d'épouser en secondes noces une célèbre chanteuse, Peng Luyan, par ailleurs général dans l'Armée populaire. Leur fille, Xi Mengze, a été admise à l'université de Harvard. Xi Jinping a succédé à Zeng Qinhong aux fonctions de premier secrétaire du secrétariat central du Parti communiste et à celles de vice-président de la République populaire de Chine. Il est la figure de proue de la cinquième génération de dirigeants du Parti, dont il a été le chef à Shanghai, ce qui lui confère une proximité avec le président Jiang Zemin.

Xie Caiping : *Personnage réel*. Criminelle chinoise, née en 1963. Marraine d'une puissante triade de Chongqing, elle était la belle-sœur d'un des dirigeants de la police, Wen Qiang. Arrêtée en 2009 dans le cadre des grandes opérations lancées par Bo Xilai et Wang Lijun, son procès défraya la chronique par la révélation de ses très nombreux jeunes amants. Elle a été condamnée à une peine de dix-huit ans de prison.

Xu Ming : *Personnage réel*. Homme d'affaires chinois, né en 1971 à Dalian, très proche de Bo Xilai auquel il doit une grande part de sa fortune colossale, amassée en un temps record. Considéré par le magazine *Forbes* comme la huitième fortune de Chine, il était, lors de l'*incident de Wang Lijun*, président de la compagnie Dalian Shide Group. En mars 2012, au retour d'un voyage éclair en Australie avec Ma Biao et Yu Junshi, il est arrêté et inculpé d'implication dans des crimes économiques.

Xu Wei : voir Wei Xu. En chinois, le nom de famille est le premier mentionné, à la différence de la pratique occidentale. Xu est le prénom, Wei le patronyme.

XVIIIe Congrès : Réunion de 2 270 délégués provenant de 40 circonscriptions, qui débutera le 8 novembre 2012. Le Ier Congrès a eu lieu le 23 juillet 1921, à Shanghai, dans la concession française. Les congrès ont lieu désormais tous les cinq ans ; ils correspondent au début des mandats donnés aux dirigeants chinois. Le président, également premier secrétaire du Parti et chef de l'armée, ne peut normalement être reconduit qu'une fois (c'est-à-dire qu'il est élu par deux congrès, pour une période totale de dix ans).

Yu Junshi : *Personnage réel*. Ancien chef des services secrets, qui, à Dalian, a présenté Wang Lijun à Bo Xilai. Avec Ma Biao et Xu Ming, il a fait partie de l'expédition en Australie. Il a été arrêté à son retour, en mars 2012.

Zeng Qinhong : *Personnage réel*. Homme politique chinois, né en 1939. Son père est Zeng Shan, ministre de l'Intérieur de Mao ; sa mère, Deng Liujin, l'une des femmes ayant participé à la Longue Marche. D'une intelligence remarquable et redoutée, ingénieur, Zeng Qinhong a été premier secrétaire du Comité permanent du Politburo de 2002 à 2007, et le septième vice-président de la République populaire de Chine, de 2003 à 2008. Il fait partie de la « Clique de Shanghai ». On le considérait comme le premier conseiller du président Jiang Zemin, dont il est resté très proche, y compris durant la période 2002-2008, pendant laquelle il a exercé de très hautes fonctions au côté du président Hu Jintao. Zeng Qinhong est l'une des autorités les plus respectées du clan des *princelings*.

Zhang Xiaojung : *Personnage réel*. Homme de main, ancien policier devenu garde du corps de Gu Kailai ; il convoya Neil Heywood juste avant sa mort à Chongqing sur ordre de sa patronne.

Zhou Yongkang : *Personnage réel*. Homme politique chinois, né en 1942. Ingénieur de formation, il est membre du Comité permanent du Politburo, membre du Conseil des affaires de l'État et le chef actuel « supposé » du « supposé » bureau 610. Il a été auparavant ministre de la Sécurité de l'État et, de 1999 à 2002, secrétaire du Comité du Parti communiste chinois pour la province du Sichuan, dans laquelle se déroule l'*incident de Wang Lijun*. Membre de la « Clique de Shanghai », lié au président Jiang Zemin, il a également été très proche de Bo Xilai et souhaitait que ce dernier lui succède au sein du Comité permanent lors du XVIIIe Congrès. À la suite *l'incident de Wang Lijun*, il semble avoir été contraint, en mai 2012, de renoncer aux importantes fonctions qu'il avait conservées auprès du ministre de la Sécurité publique. Il aurait perdu la possibilité de participer à la procédure de choix de son successeur.

Zhuan Falun : *Livre réel*. Avec *Falun Gong*, c'est l'ouvrage de référence de Li Hongzhi permettant de comprendre la philosophie et la pratique de Falun Gong.

10711

Composition
NORD COMPO

*Achevé d'imprimer en Slovaquie
par NOVOPRINT SLK
le 9 mars 2014*

Dépôt légal mars 2014
EAN 9782290078747
OTP L21EPNN000301N001

ÉDITIONS J'AI LU
87, quai Panhard-et-Levassor, 75013 Paris

Diffusion France et étranger : Flammarion